Drei Jahre lang haben sich die beiden nicht gesehen, ein schrecklicher Unfall bringt sie wieder zusammen: den Arzt Florian Füssli und den Künstler Samuel Butt, der nach einem Sturz gelähmt ist. Florian will Samuel aufrichten und gleichzeitig verstehen, was eigentlich vor drei Jahren passiert ist. Samuel ist damals mit einem Kunststipendium nach Rom gegangen, und plötzlich brach der Kontakt ab. Die beiden Männer umkreisen einander mit Fragen: Warum ist Samuel als Künstler gescheitert? Hat eine geheimnisvolle Frau die Hand dabei im Spiel gehabt? Warum hat Florian kein Glück in der Liebe gefunden? Wie viel ist ein »halbes Leben« wert? Wie geht man mit Verlusten um? Auf einer Reise nach Portugal bricht alles auf. Und der nächste Schritt kann Untergang bedeuten oder Erlösung.

Martin R. Dean

Ein Stück Himmel

Roman

Atlantis

Für die Arbeit an diesem Buch wurde der Autor mit einem Werkbeitrag der Schweizer Kulturstiftung Pro Helvetia unterstützt.

www.atlantisverlag.ch
Lektorat: Cornelia Künne
Covergestaltung: Lara Flues
Coverabbildung: *O.T. 2013* © Thomas Ritz / www.thomas-ritz.ch
Satz: Tristan Walkhoefer, Leipzig
Gesetzt aus der Stempel Garamond LT / 220130
Druck und Bindung: GGP Media GmbH, Pößneck
Auch als E-Book erhältlich
ISBN 978 3 7152 5001 4

Vulnerando sanamus.
Inschrift an der Alten Chirurgie Gießen

Das Leben ist nie ohne Einschränkungen.
Wolfgang Schäuble in: *Die Zeit,* 51/2019

Erster Teil

Sturz vom Apfelbaum

Als Florian sich in die Schlange vor der Passkontrolle im Flughafenterminal einreihte, brach vor ihm ein Mann zusammen. Eben noch hatte er ihn mit seiner Partnerin scherzen sehen, im nächsten Augenblick waren ihm die Knie weggesackt. Die Frau neben Florian, deren eingeknickte Körperhaltung ihn auf eine Hüftarthrose schließen ließ, stieß einen leisen Schrei aus und wich zurück. Wie alle anderen Leute auch. Sie bildeten einen Kreis. Der Gefallene gehörte nicht mehr zu ihnen, er war kein Reisender mehr. Ohne Vorwarnung war das hinter der Routine des Alltags lauernde Tödliche hervorgetreten. Jeder musste damit rechnen, dass er eine Krankheit in sich trug, die plötzlich ausbrechen konnte. Gesundheit war ein Ausnahmezustand. Florian kannte aus seiner gut zwanzigjährigen Tätigkeit als Arzt das Entsetzen, wenn diese andere Realität sich zeigte. Die Reaktionsmuster waren ihm bekannt: Panisch flüchteten sich die einen in Gleichgültigkeit, während die anderen zwischen Hilfslosigkeit und Abscheu schwankten.

Der Mann lag schon zehn, vielleicht zwanzig Sekunden am Boden. Von der Rolltreppe erklang das Weinen eines Kindes. Niemand rührte sich. War er tot? Mit einem Toten hatte keiner gerechnet. Niemand war bereit, sich jetzt, kurz vor Mittag, aufhalten zu lassen, jeder wollte so schnell wie möglich nach Hause. Die Partnerin des Mannes kniete am Boden, und Florian hörte ihr Flehen: »Max, sag doch was!« Nicht laut, sondern eindringlich, fast flüsternd. Die Frau war in Florians Alter, um die fünfzig, trug ein grau gesprenkeltes T-Shirt und Jeans; ihr Körper war untrainiert. Am Handgelenk baumelte ein Lederbändchen, wie man es auf Straßenmärkten kaufen kann, ein Urlaubssouvenir. Sie streichelte das Gesicht des Mannes.

Florian löste sich aus der Starre und eilte nach vorne. Er griff nach dem Handgelenk des Mannes und wusste sofort, dass es sich um einen Herz-Kreislauf-Stillstand handelte: Bewusstlosigkeit, Atemaussetzer, Zyanose. Der Mann lag gekrümmt in seitlicher Lage am Boden und war nicht ansprechbar. Sein Herz pumpte nicht mehr genug Blut in den Körper, der Kreislauf war zusammengebrochen, die Organe wurden nicht mehr mit Sauerstoff versorgt. Florian drehte den Mann auf den Rücken, prüfte, ob seine Atemwege frei waren, und kniete sich neben ihn. Indem er den Handballen im unteren Drittel des Brustbeins ansetzte und den Thorax mit achtzig bis hundert Komprimierungen pro Minute bearbeitete, wollte er sein Herz wieder zum Schlagen zu bringen. Gleichzeitig bat er die Frau, mit der Mund-zu-Mund-Beatmung zu beginnen. Florians Hemd klebte nass auf der Haut. Er hörte eine ferne Kinderstimme singen, und das Pumpgeräusch verband sich mit dem Rattern eines Rollkoffers über Bodenschwellen. Es blieb nicht mehr viel Zeit. Dauerte die Sauerstoffunterversorgung zu lange, waren Hirnschäden zu befürchten. Die Frau schwitzte und weinte, während sie Max beatmete.

Dann spürte Florian, wie die Atmung stockend wieder einsetzte. Das Bewusstsein des Mannes kehrte langsam zurück, er schlug die Augen auf. Florian kannte diesen ungläubigen Blick, wenn Menschen aus tiefer Abwesenheit ins

Leben zurückkehrten. Nun traf auch der flughafeninterne Sanitätsdienst ein. Florian erhob sich. Jemand klatschte, und für einen Moment erfasste ihn ein Schwindel. Immer wenn er müde war, lösten sich die Geräusche von den Dingen. Er glaubte, das Scheppern des Lüftungsschachts stamme von einem Tablett voller Gläser. Benommen trat er zurück in die Schlange, als könnte er damit einen Realitätswechsel vollziehen, als träte der Alltag wieder in sein Recht.

Er hatte diesen Max vor dem Tod gerettet. Aber für wie lange? Vielleicht würde Max auf dem Nachhauseweg bei einem Verkehrsunfall sterben. Dann hatte ihm Florian nur einige Minuten geschenkt. Oder seine Partnerin würde erkranken und sterben, und der Rest seines Lebens stünde im Zeichen dieses Verlustes, vielleicht derart, dass er gar nicht mehr würde weiterleben wollen.

Florians Kniescheiben schmerzten. In der rechten Hüfte spürte er einen Stich wie von einem langen dünnen Messer und schloss die Augen. Wann war er zuletzt in einem Fitnesscenter gewesen? Die Geräusche um ihn herum verebbten, er hörte die Stimme des Muezzins in Sarajewo, wo er gerade vier Tage verbracht hatte.

Während er zusah, wie die Sanitäter Max in eine Nische des Terminals trugen, flohen seine Gedanken nach Sarajewo. Nach seinem Vortrag zum Thema »Schmerzmindernde Maßnahmen in der operativen Medizin« war er auf dem Heimweg in ein Museum gegangen, in dem die Gräueltaten von Srebrenica gezeigt wurden. Ein Bild hatte ihn ins Herz getroffen: Es zeigte zwei Hände über einem dunklen Acker. Eine Totenhand, die hilfesuchend nach der behandschuhten Hand eines Retters griff. In Wahrheit war es umgekehrt.

»Alles in Ordnung?«, fragte der Beamte an der Passkontrolle und musterte ihn.

»Alles in Ordnung«, sagte Florian, während der Blick des Beamten über seinen zerknitterten Anzug und sein gelbes verschwitztes Hemd glitt, gelb wie Azeton. Der Beamte gab ihm den Pass zurück, und Florian sah seine abgekauten Fingernägel.

Anschließend stand er erschöpft bei der Gepäckausgabe. Jenseits der Glaswand sah er die Abreisenden bei der Sicherheitskontrolle, gürtellose Wesen auf Socken, mit der einen Hand gequält den Hosenbund hochziehend, in der anderen die Schuhe, unterwegs zum Duty-free-Shop, wo sie eine kleine Belohnung erwartete.

Er schnappte sich seine Reisetasche und trat ins Freie, wo ihn die Hitze überraschte. Am Kiosk beim Ausgang fiel ihm die entblößte Schulter einer Frau auf, tiefe Sommerbräune. Er palpierte in Gedanken das Schulterblatt und spürte einen Anflug von Zärtlichkeit. Als sich die Schulter umdrehte, erblickte er das Gesicht einer Fremden. Er hatte sich von der Handbewegung täuschen lassen, mit der sie eine Wasserflasche aus dem Regal genommen hatte; sie hatte ihn an Yvonne erinnert.

Im Taxi erschienen am gegenüberliegenden Rheinufer die weißen Roche Tower, die beiden Protzbauten der Pharmaindustrie, Fassaden und Glasfront in gleißendem Sonnenschein. Alles hierzulande sah aus, als wäre es mit Photoshop nachgebessert worden. Dahinter kalte Verlustangst, der Geruch herzloser Sauberkeit. Er glaubte diesen Fassaden nicht, war nicht einverstanden mit dem soliden Chromstahl, dem matt schimmernden Asphalt, empfand eine widersinnige Sehnsucht nach kaputt geschossenen Häusern.

In der Mailbox waren die üblichen Werbemails der Pharmafirmen und der Dienstplan für nächste Woche. Sein Chef sandte Urlaubfotos vom Swimmingpool eines Luxushotels. Volle zwei Wochen hatte er sich freigenommen, um jetzt im weißen Morgenmantel wie ein Immobilienmakler in die Kamera zu lächeln. Für Florian sah er aus wie ein Burn-out-Opfer des über die Kliniken hereingebrochenen Rentabilitätsprinzips.

Eine pupillengroße haarige Spinne kroch über seinen Jackettärmel. Er schüttelte den Arm, sodass sie auf dem Hosenbein landete, wo sie sich weiter hinab zu seinen Socken bewegte. Florian krempelte die Hose hoch und erwischte die Spinne gerade noch, ehe sie seine Kniekehle erreichte.

Nun steckten sie im Stau. Es war Donnerstag, vielleicht auch Freitag Mitte Juni, früher Nachmittag. Er fröstelte, draußen herrschten gegen dreißig Grad. Hatte er Fieber? Nein, er fror vor Müdigkeit. Sein Freund Stefan Bircher fragte in einer Mail, wie der Vortrag angekommen sei. Man hatte ihm aufmerksam zugehört, und das Feedback war, wie man so sagte, »ermutigend« gewesen. Einen Augenblick lang hatte er das Gefühl gehabt, medizinisches Wissen sinnvoll weitergegeben zu haben. Aber dann hatte die Routine des Kongressbetriebs wieder alles zugedeckt.

Ein Kind auf einem Roller fuhr dicht am Taxi vorbei und ruckelte über ein Schlagloch. Die Passanten warfen Schatten auf das Pflaster, und hinter Florians Stirn sammelte sich tiefe Müdigkeit, er schaute auf die Uhr, deren Sekundenzeiger träge im Rund drehte. Der Fahrer fluchte leise. Es ging ein paar Meter vorwärts, und Florian sah ein Fitnesscenter, in dem Frauen und Männer sich auf dem Laufband abarbeiteten. Arme und Beine in maschinengleicher Rotation, Todesfürchtige. Der Impuls, sich bis zur Unverwundbarkeit zu stählen, hatte sich ins Herz der Gesellschaft gefressen. Aber ihr Traum war auch sein Traum: die Menschheit trotz zunehmender Zivilisationskrankheiten gesünder zu machen und das Leben zu verlängern.

Das Handy klingelte, und instinktiv glaubte er, Yvonnes Stimme zu hören, aber es war Sumitra, die Anästhesieassistentin.

»Kannst du kommen?«, fragte sie. »Wir haben hier einen akuten Notfall. Rückgratverletzung. Christian wäre dran, aber sein Bub ist mit dem Fahrrad gestürzt. Und die anderen Anästhesisten sind am Anschlag.«

»Ich bin so was von erledigt, Sumitra. Ich bin auf dem Weg vom Flughafen nach Hause. Mir tun alle Glieder weh.«

»Und Reto nimmt das Telefon nicht ab. So we need you!«

Sie lachte.

Er stellte sich die schmalgliedrige Inderin vor, wie sie mit dem Finger auf ihn zeigte. Sumitra hatte noch nie Anzeichen von Erschöpfung gezeigt.

»Ich habe fast zwei Tage nicht geschlafen«, murmelte er erschöpft. »Ich muss unter die Dusche!«

»Florian! Es ist wirklich dringend!«

Er nannte dem Taxifahrer die Adresse der Klinik und wollte sich die restliche Fahrzeit etwas Schlaf gönnen. Aber kaum hatte er den Kopf ins Polster der Rückenlehne gepresst, waren die Gespenster von Sarajewo wieder da. Hatte es die Schüsse wirklich gegeben, die ihn Nacht für Nacht aus dem Schlaf gerissen hatten? Drei Nächte derselbe Traum. Diese Stadt hatte ihn tief und tiefer sinken lassen, er war wie im freien Fall, wie vor drei Jahren, als Yvonne und er sich getrennt hatten, da hatte er monatelang nicht mehr durchschlafen können. Jetzt saß die Müdigkeit wie ein kalter Keil hinter seiner Stirn.

Er stellte seine Reisetasche in eine Ecke des Büros, streifte mit einem kurzen Blick das Foto von Yvonne auf dem Schreibtisch: Yvonne am Strand von Cagnes-sur-Mer, die Beine halb im Wasser und ein glückliches Lächeln im Gesicht. Drei Minuten später würde sie wütend ins Meer springen. Wegen eines Streits, dessen Grund er längst nicht mehr wusste, während das Bild der Frau, die sich voll bekleidet in die Wellen warf, in seinem Gedächtnis haften geblieben war.

Er nahm eine Packung Ritalin aus der Schublade.

Im Umkleideraum zog er sich aus und schlüpfte ins flaschengrüne Operationsgewand. Wie immer ließ er auf der Schwelle zum OP alles zurück, was ihn an die Welt draußen erinnerte. Er fühlte sich wacher, das Gewand gab ihm Sicherheit. Im OP war er nicht mehr Florian, der immer noch unter der Trennung von seiner Frau litt, sondern Dr. Füssli, der konzentriert an seinen Monitoren den Schlaf des Patienten überwachte. Florian brauchte Rituale, sie gaben ihm Halt, ein Gefühl von Dauer im rasenden Weltlauf, den als Fortschritt zu bezeichnen purer Euphemismus war. Selbst auf Reisen klammerte er sich an seine kleinen Alltagsrituale.

In keimfreier Kleidung und sterilen Gummischuhen, mit Haarhaube und Mundschutz betrat er den Schockraum. In seinem Arbeitsbereich als Anästhesist gab es grundsätzlich zwei Modi: Entweder verlief alles ruhig und routiniert, oder es kam zu Komplikationen, dann ging es sofort um Leben und Tod. Dass Letzteres der Fall sein könnte, spürte er sofort, als er das Gesicht von Noemi, der neuen Assistenzärztin, sah.

»Rückenmarksverletzung«, sagte sie. »Man hat ihm ein Korsett angezogen, er hat sich gewehrt. Man hat ihm gesagt, er solle sich nicht bewegen, das würde alles nur noch schlimmer machen. Aber der Patient ist renitent.«

Er warf einen Blick auf den Mann, blieb als Erstes an dessen markantem Kinn hängen und erschrak. Nicht nur das Kinn, auch der Rest des Gesichts gehörte jemandem, den er sehr gut kannte.

Samuel!

Sein Freund Samuel Butt, Sam, sein Jugendfreund, der auch sein Erwachsenenfreund war. Samuels langer Körper ragte um etliche Zentimeter über den Schragen hinaus.

Seit etwa drei Jahren hatten sie sich nicht mehr gesehen.

Auch Samuel hatte ihn erkannt, trotz seiner Berufskleidung. Aber nichts in seinem Blick ließ darauf schließen, dass er sich freute. Sam hatte sich kaum verändert, er war noch immer schlaksig, fast dürr. Aber etwas Neues war in seinem Gesicht lesbar, Härte, vielleicht Bitterkeit.

»Hallo, Sam«, sagte Florian. »Was ist passiert?«

»Ich bin vom Apfelbaum gefallen«, sagte Sam und verzog das Gesicht.

Das klang wie ein Witz. Als wären Apfelbäume klassische Unfallorte. Florian war sicher, dass Samuel diesen Apfelbaum erfunden hatte, so wie er immer geflunkert hatte, wenn ihm etwas unangenehm war.

Wenn er als Junge eine Verabredung vergaß, behauptete

er gern, der Zug hätte Verspätung gehabt oder der Reifen seines Fahrrads wäre platt gewesen. Oder später, wenn man ihn nach seiner Arbeit fragte: Ein Windstoß hätte sein großes Tierbild im Atelier zerstört, dabei sah man auf den ersten Blick, dass er es selbst mit wütenden Strichen ruiniert hatte.

Florian leitete die Vorbereitungen für die Anästhesie ein. Gott sei Dank war Sam mit einem Spineboard und einem Beckengurt immobilisiert. Die grobneurologischen Untersuchungen waren unauffällig. Grichting, der Chefarzt, kam hinzu. Er studierte die Röntgenbilder und entschied in Florians Sinn, nämlich, auf der Stelle zu operieren. Grichting war der König unter den Chirurgen. Alle hatten Respekt vor ihm. Wortkarg und mit einem Ausdruck unerlöster Traurigkeit schnitt er die Körper auf und operierte so, wie Federer Tennis spielte: elegant, präzise und erfolgreich. Ein begnadeter Chirurg, ein Künstler.

»Wir sollten nicht zu lange warten«, sagte Noemi. »Er hat schon etliche Zeit dagelegen, bis man ihn gefunden hat.«

Grichting schaute fragend zu Florian.

»Zweiundfünfzig, vom Baum gestürzt und mit dem Gesäß direkt auf eine Wurzel«, sagte Noemi. »Zustand insgesamt gut, Kreislauf stabil.«

Samuels Körper wies außer einer leichten frontalen Rissquetschwunde keine weiteren Traumata auf. Trotz der Verletzung waren die Atemwege frei, die vesikulären Atemgeräusche beidseits normoton und normokard, Glasgow-Koma-Skala bei 15, Extremitäten intakt. Die gravierenden Verletzungen lagen im Bereich der Lendenwirbel, Fraktur LWK 5. Grichting umkreiste mit seinem Montblanc-Füller wie mit einem Zauberstab die Stelle auf dem Röntgenbild.

»Wir sollten versuchen, die Wirbelsäule zu stabilisieren. Vielleicht ist der Wirbelsäulenkanal nicht betroffen.«

Samuel hatte seine Augen aufgerissen und bewegte bei jedem Wort Grichtings lautlos die Lippen, als wären es Verse eines Gedichtes, das er auswendig lernen musste. Florian sah, dass er litt. Wenn er gekonnt hätte, wäre er aufgestanden und hätte sich aus dem Staub gemacht. Wäre aus der Klinik geflohen, aus der Stadt, hinaus in die Welt, so wie er es immer schon gemacht hatte. Ein notorisch Flüchtender.

»Das kriegen wir wieder hin«, flüsterte Florian. »Ich gebe dir jetzt eine Narkose, bei der du gut träumen kannst, und steuere dich sicher wie ein Pilot durch die OP.«

Samuel Butt grinste wie ein Bub.

Nachdem Florian ihn in den Schlaf versetzt hatte, drehte man ihn vorsichtig in die Bauchlage und polsterte ihn aus. Der Operateur setzte den Bildverstärker auf Lendenwirbel LWK 4 und 5 und auf Sakralwirbel SWK 1, markierte und desinfizierte die abgedeckte Haut, was Florian immer an die Markierung von Rindern erinnerte.

Lag es an seiner Müdigkeit, dass er glaubte, man könne Sams Körper nicht verletzen? Als Grichtings Skalpell die Haut seines Freundes aufschnitt, musste er wegschauen. Florian spürte den Schnitt am eigenen Körper. »Indem wir verwunden, heilen wir.« Dieser Schnitt durchdrang die ganze Kultur. Und er wusste, dass jemanden verletzen hieß, ihn zu schädigen. Aber die Entwicklung der Medizin hatte ihn gelehrt, dass verletzen auch heilen bedeuten konnte. Als er wieder hinschaute, hatte das Blut Samuels Körper besudelt, seine dunkle seidenglatte Haut. Noemi stillte das Blut, während die Elektrokauterisation das Gewebe zerstörte. Es roch nach verbranntem Fleisch.

Florian bewunderte Grichting, der das Skalpell mit akribischer Genauigkeit führte; kein Zweifel verunsicherte seine Hand. Während die Bilder der Lendenwirbel auf dem Kontrollschirm aufschienen, brachte er mit leichtem Schwung, als bastelte er an einem Meccanobaukastenteil, die Schrauben an, mit denen die Wirbel stabilisiert wurden.

Danach verfiel Florian in einen Sekundenschlaf, in dem er Samuel aus einem See steigen sah. Sam schüttelte sich die nassen Haare aus dem Gesicht, hob den knochigen Ellbogen und zündete sich eine Zigarette an. Dann legte er sich neben Florian ins Gras und streckte seinen langen Körper aus. Dank diesem geschmeidigen Körper hatte man Samuel im Schulsport zunächst jenen Respekt gewährt, den man ihm, dem Eigenbrötler, sonst versagte. Beim Tanzen, wo er sich leicht und flüssig zu bewegen wusste, hatten ihn alle beneidet.

Mit einem leisen Seufzer, als wäre er traurig, trat Grichting nun einen Schritt zurück und prüfte, ob die Schrauben hielten. Alle im Team schienen aufzuatmen. Grichting legte noch zwei mit der entsprechenden Lordose versehene Stäbe und verband sie mit den Schrauben; damit würde der frakturierte Wirbel überbrückt und das gebrochene Rückgrat stabilisiert werden.

Florian konnte sich vor Müdigkeit kaum noch halten und musste ein paar Schritte machen.

In der Zwischenzeit wurde Samuel zugenäht, und man schob den Narkotisierten in den Aufwachraum. Dort würde ihn sein neues Leben erwarten. Welches von seinen Gliedern er nach der OP noch würde bewegen können, war nicht vorauszusehen.

In der Kantine holte sich Florian einen Espresso und studierte den Einlieferungsbericht. Man hatte Rippenfrakturen rechtsseitig festgestellt, dorsalseitig Costa 11 und 12.

Samuel konnte klettern, er war körperlich gewandt. Florian kannte seine Fähigkeiten seit der Schulzeit, als sie zusammen Fußball gespielt hatten. Vom Apfelbaum gefallen?

Vier Pflegerinnen, die sich zum Nachtdienst einfanden, ließen sich wie eine gurrende Taubenschar am Nebentisch nieder. Der Geruch von starkem Kaffee versetzte Florian zurück in seine Jugend. Neben ihm am Küchentisch saß Gerda Butt, Samuels Mutter, eine resolute Frau mit Bürstenhaarschnitt. Sie zog an einer griechischen Zigarette mit schmalem Mundstück, trank schwarzen Kaffee und redete über Politik, aber ganz anders als Florians erzkonservativer Vater. Gerda empörte sich über die Kernkraftwerke, deren radioaktives Abfallmaterial noch immer kein Endlager gefunden hatte und bestimmt auch nie eines finden werde. Sie erzählte von den Anti-AKW-Märschen, die diesen Unsinn stoppen würden. Gerdas Engagement hatte ihm imponiert. Wie auch sonst alles. Bei den Butts war nämlich alles anders als bei den Füsslis, die Butts hatten ein offenes Haus und die halbe Welt kam zu Besuch, darunter auch berühmte Jazzgrößen. Künstler griffen mit farbbefleckten Fingern gierig nach den Nuss- und Birnentorten, die Gerda buk, und ein Lyriker trug nach Mitternacht, wenn alle genug getrunken hatten, mit Pathos seine Gedichte vor. Gerda hatte in einem Künstlerhaus gearbeitet und dort viele Freunde gefunden. Nach der Schule war Florian gern zu dem Häuschen am Stadtrand gefahren, um mit Samuel und den Künstlern und Musikern abzuhängen. Nur widerwillig schwang er sich spätabends aufs Rad, denn erst dann begannen die Jam-Sessions. Meistens fuhr er wütend bergauf zur Füssli-Villa.

Als er älter wurde, mischte er sich in die Küchendiskussionen ein. Und Gerda nahm ihn ernst und diskutierte mit ihm wie mit einem Erwachsenen. Bald gab sie ihm den Übernamen »der Philosoph«. Er empfand es als Auszeichnung. Gerda verstand etwas von Politik und war belesen. Ihr Mann, ein Komponist, war vor Jahren auf einer vereisten Straße mit dem Auto ins Schleudern gekommen, in eine Mauer geprallt und gestorben. Samuel war das Ergebnis einer flüchtigen Begegnung mit einem Fremden, über den sie sich ausschwieg.

Noch heute erinnerte sich Florian an jedes einzelne Detail in dem Häuschen. Dort gab es keine Geschirrspülmaschine, und trotzdem standen die Teller und Tassen sauber auf der Ablage. Es gab keinen Fernseher, und trotzdem war Gerda immer informiert. Was sie kochte, schmeckte viel besser als das, was bei den Füsslis auf den Tisch kam. Spaghetti, griechische Gerichte wie Moussaka, Fisch und Brot mit Oliven. Wenn keine Gäste da waren, saß Gerda nachts über ihren Heften, die sie mit Bleistift vollkritzelte. Sie schrieb an einem Theaterstück, und das schon ihr halbes Leben. Einmal im Monat übernachtete sie außer Haus, um die Jungs am Morgen mit duftenden Brötchen aufzuwecken.

Als Sam und er einmal von einer Fete betrunken zurückkehrten und er sich auf den Teppich übergab, holte ihn seine Mutter, Frau Dr. Füssli, im Cabriolet ab und überreichte Gerda eine Schachtel Luxemburgerli, die diese umgehend in den Mülleimer warf. Florians Mutter Hanna war unterkühlt und tat immer ein wenig vornehm. Sie fasste ihn nie an und wich Berührungen aus. Er konnte sich an keine einzige Umarmung erinnern. Selbst als er krank im Bett gelegen und sich erbrochen hatte, hatte sie ihm nicht die Hand auf die Stirn gelegt, sondern seinen Vater gerufen, der ihn verarzten musste. Gewundert hatte er sich darüber erst, als er sah, wie Gerda mit Sam umging.

Manchmal kamen auch Mädchen ins Häuschen am Stadtrand, Nichten von Gerda, Töchter ihrer Freundinnen. Und Gerda hatte viele Freundinnen. Die Mädchen saßen am Küchentisch und schäkerten mit Sam.

Eines Abends saß auch Alma am Tisch, eine etwas hochnäsige Schülerin aus der Parallelklasse, deren Lachen Florian verzauberte, trotz der Doppelreihe Kupferdraht auf ihren Zähnen. Florian redete und redete, bilderreich, symbolisch verklausuliert, ein verbaler Strauß Trockenblumen für die Unnahbare. Offen hätte er ihr seine Gefühle nicht zeigen können. Sobald Alma ihn anschaute, setzte eine Art inneres Zittern ein, ein kaltes Fieber. Und Almas zartes, von schwarzen Haaren gerahmtes Gesicht strahlte ihm ein unabänderliches »noli me tangere« entgegen, das seine Hemmungen vervielfachte. So lautete die Verhinderungsdiagnose seiner Jugend auf *pudor extremis*, eine in entscheidenden Augenblicken prompt einsetzende Lähmung, Selbstzerknirschung vor jeder Tat, verbunden mit Schweißausbrüchen und einem Gefühl, als säße er hinter Glas.

Ganz anders Sam, der auflebte, sobald ein weibliches Wesen den Raum betrat. Er hätte Sam abschauen können, wie er Mädchen mit wenigen Sätzen um den Finger wickelte und mit selbstverständlichen Gesten beeindruckte. Wie er einen melancholischen Gesichtsausdruck aufsetzte, damit sie sich um ihn sorgten. Wie unbefangen er körperliche Nähe herstellte.

Florian trank seinen Espresso aus und ging in sein Büro, vorbei an den Zimmern der Kranken, die mit Schlafmitteln stillgestellt worden waren. Er sehnte sich nach einem Schimmer hellen Tageslichts und starrte aus dem Fenster. Draußen auf dem Parkplatz sah er Schatten tanzen, aber es war nur der im Wind schwankende Ast der großen Linde.

Er fragte Sumitra nach Samuel Butts Utensilien. Es gab nichts außer einem Rucksack, dessen Inhalt bereits inventarisiert worden war. Der Rucksack, den Sam schon seit Ewigkeiten hatte: ein altertümliches Teil aus hellbraunem Sacktuch mit dünnen Lederriemen, außen drei kleine Taschen, die man zuschnallen musste. Bleischwer, selbst wenn er leer war. In einer Seitentasche steckten eine Zahnbürste, eine ausgequetschte Zahnpastatube und ein italienisches Wörterbuch in Miniformat. Zusammengeknüllte Unterwäsche. Eine Regenjacke und ein halbes Dutzend dicker schwarzer Hefte mit Zeichnungen. Florian blätterte in einem: Gesichter und menschliche Gestalten, mit leichter Hand hingeworfene, mit Kohlenstift skizzierte Körper.

Vom Rucksack ging ein starker Geruch aus, als wäre Sam jahrelang unterwegs gewesen. In einer Außentasche steckte der rote Schweizer Pass, abgegriffen und zerkratzt. Das Bild zeigte Sam, wie er vor zehn Jahren ausgesehen hatte: langes Pferdegesicht mit großen Augen, weltfremder Blick, struppige lange Haare und ein trotzig aufgeworfener Mund.

Drei Jahre hatten sie sich nicht mehr gesehen. Sam war nach Rom gegangen, und Florian und Yvonne hatten sich getrennt. Der eine Verlust hatte den anderen verdeckt, deswegen hatte er Samuels Verschwinden gar nicht wirklich bemerkt. Bis zu diesem Zeitpunkt hatten sie sich noch recht regelmäßig gesehen, hatten Ausflüge gemacht, auch mal kurze Reisen nach Paris oder Mailand, waren im See schwimmen gegangen. Sie hatten dieselben Landschaften, dieselben Künstler und dieselbe Musik gemocht. Leider zuweilen auch dieselben Mädchen. Sie gaben sich Bücher und diskutierten darüber. Vor drei Jahren aber hatte Sam die Freundschaft wie ein Kerzenlicht ausgehen lassen. Aus Rom war kein Anruf mehr gekommen, und Florian, im Karrierestress und in der Ehekrise, war zu beschäftigt gewesen, um nachzuhaken.

Florian sah noch den Nierentisch im orangen Lichtschein der Bar an ihrem letzten gemeinsamen Abend. Sie waren zu viert, und das Eis schmolz in den Gläsern. Sam saß neben der zehn Jahre jüngeren Christine, die sich an seiner Schulter vom Tanzen ausruhte. Christine war die letzte seiner Eroberungen gewesen. Oft waren Yvonne und er mit den beiden unterwegs gewesen, in einem schwankenden Gleichgewicht, waren ins Kino gegangen oder essen und danach tanzen. Und er hatte geglaubt, das Glück währe ewig.

Stetigkeit kannte der Künstler Butt nur in der Arbeit. Ansonsten gehörte das Kommen und Gehen wie seine schlaksige Gestalt mit den hängenden Schultern und der ausgetragenen Jacke zu seinen Charakteristika. Gern hockte er in Kneipen mit anderen Tunichtguten, die den ganzen Abend palaverten und austeilten und dann kurz vor Schluss noch ein Bier bestellten, obwohl sie längst genug intus hatten. Männer, die die Hälfte ihres Lebens mit Abbrüchen, Abstürzen und Fluchten verbracht, die eine Familie verlassen hatten und in wechselnden Bekanntenkreisen verkehrten. Da war er dabei, ohne je wirklich dazuzugehören. Er versteckte sich bei diesen Leuten. Und dann verschwand er einfach von der Bildfläche und tauchte Wochen später ohne Ankündigung wieder auf. Wenn Florian ihn fragte, wo er gewesen sei, zuckte er bloß mit den Schultern. Oder er setzte sich hin, drehte eine Zigarette, sagte »Marokko« oder »Spanien« und bekam einen weiten Blick.

Florian betrachtete den Rucksack: Sams Ansprüche ans Leben waren immer bescheiden gewesen, außer wenn es um seine Freiheit ging. Die Freiheit, die konnte ihm nie grenzenlos genug sein.

Aber da war noch etwas anderes. Der bittere Geschmack von Pech. Zu den Fehleinschätzungen und Missgeschicken, die Samuel immer wieder unterlaufen waren, hatte sich nun ein Unfall gesellt. Und Sam schien allein zu sein, niemand hatte sich seit der Einlieferung gemeldet. Florian fragte sich, was passiert war. Wie viel Blödsinn musste man in einem Land wie der Schweiz anstellen, um seinen Besitz auf das Volumen eines Rucksacks zu reduzieren?

Aber Sam war kein Opfer, dafür war er viel zu eigensinnig. Florian hatte ihn immer als Solitär gesehen, auf dem Rücken eines Gletschers hergetragen. Wäre er ein Tier gewesen, dann eine Giraffe, die allein über Weideland trabte.

Sumitra holte ihn aus seinen Gedanken.

»Gerade ist Harry eingeliefert worden. Er liegt auf der IPS und …«

Sumitra ließ den Satz in der Luft hängen.

Florian wusste nicht, wer Harry war. Vielleicht der Gynäkologe, der ihm unlängst unangenehm aufgefallen war?

»Schweres Schädel-Hirn-Trauma.«

Florian schluckte, seine Ohren waren seit der Landung noch immer verschlossen.

»Ist das der Sportfanatiker? Rötliche Haare, und jeden Tag vor dem Dienst eine Stunde Mountainbike?«

»Ja, Harry Merz. Er hatte einen schweren Motorradunfall. Hirntot«, sagte Sumitra.

Was hieß, dass seine Organe noch lebten und zur Rettung eines anderen Patienten infrage kamen, falls Merz sie für die Transplantation freigegeben hatte. Jetzt fiel es Florian ein: Merz war ein junger Gastroenterologe, der sich durch einen rüden Umgangston mit dem Personal auszeichnete.

»Er will seine Organe spenden! Wir sollten die Entnahme sofort machen.«

»Ohne mich«, wehrte Florian ab. Es war kein guter Zeitpunkt für eine Transplantation, weil die personelle Decke jetzt dünn war.

»Nur noch diese eine Sache, Flo«, bettelte Sumitra. »Sonst ist niemand da. Uwe wäre bereit. Er sagt, ich müsse nur noch dich überzeugen. Es war Harrys letzter Wille, seine Organe zu spenden. ›Organe in bestem Zustand‹, hat er gesagt. Darauf kam es ihm wohl an.«

Sumitra lächelte.

Florian kannte Sumitras Umsicht, sie hatte sichergestellt, dass alle anderen bereits versammelt waren. Kein geringes organisatorisches Unterfangen, deswegen würde sie auch nicht aufgeben. Auf dem Weg in den OP erzählte sie, dass sich Harry eine Aufsichtsbeschwerde wegen überrissener Versprechungen eingehandelt hatte, die er einer Patientin mit schweren Funktionsstörungen gemacht hatte.

»Statt auf den hippokratischen Eid hat er wohl aufs Bankkonto geschworen«, sagte Florian.

Sie erreichten den OP, wo der Tote bereits auf sie wartete. Das Team nickte Florian zu. In seinen Ohren knisterte es, der Müdigkeitsschmerz hinter seiner Stirn glühte jetzt stecknadelgroß. Er betrachtete den daliegenden Körper und hatte das Gefühl, dass dieser zitterte, eine Folge seiner Erschöpfung. Er legte den Katheter und starrte auf den Bildschirm. Die Linien und Diagramme machten ihn noch schläfriger. Wie viel hätte er darum gegeben, sich kurz hinlegen und wegdösen zu können! Der Schlafmangel setzte seine professionelle Kontrolle herab, und er spürte, dass er emotional wurde. Das hier war Harry, Harry Merz, nicht sein Freund Samuel Butt. Das hier war tote Materie, ein Gestorbener. Die Amygdala, die Königin der aufgeblasenen Gefühle, bestieg ihren Thron, um ihn zu verwirren.

»Die Organe sind tatsächlich in gutem Zustand«, sagte Sumitra.

Harrys Gesicht war noch nicht abgedeckt, sein Brustkasten hob und senkte sich sacht.

»Das Nierenteam aus Berlin ist unterwegs«, sagte Sumitra. »Das Herz geht nach Saloniki, die in Budapest wollen die Kniegelenke.«

»Weiß Eurotransplant Bescheid?«, fragte er.

»Bereits seit der Einlieferung.«

»Und der Hirntod?«, fragte er mit Blick auf Harrys rosige Gesichtshaut.

»Zweifelsfrei«, sagte Sumitra.

Uwe, der Leiter des Teams, und sein Assistent Tobias nickten. Hirntod war kein medizinischer Fakt, sondern eine Übereinkunft, die man benötigte, um die Organe in brauchbarem Zustand zu entnehmen.

Uwe zog Luft ein. Wie in einem Restaurant vor dem Eintreffen der Gäste lagen die Instrumente bereit. Er bedeckte Harrys Gesicht mit einem Tuch, und Tobias murmelte, er hoffe, dass man sich diesmal besser mit den Griechen verständigen könne.

Wie spät war es eigentlich? Florian war, als sei er schon seit Ewigkeiten wach. Die Zeit staute sich, die Griechen waren im Anflug, das Rotorenflappern des Helikopters über den Dächern war bereits zu hören.

Warum saß Sam mit seinen zweiundfünfzig Jahren auf einem Apfelbaum? Was hatte er dort zu suchen?

Uwes Messer zeichnete eine feine Spur in Harrys Haut. Er vollzog den Kocher-Kragenschnitt, einen kranial-konkaven Querschnitt in den Hautspaltlinien der Halsvorderseite oberhalb der Jochgrube, zwischen den Kopfnickerwülsten in Höhe des Ringknorpels.

Uwe liebte es, mit wenigen langen, glatten Schnitten die

Brust aufzuschneiden, nach der Vorgabe von Virchow, der sich selbst einen Anhänger der großen Schnitte genannt hatte. Nur mit großen Schnittflächen, so pflegte Uwe Virchow zu zitieren, könne man das Körperinnere präzis öffnen, wogegen kurze und feine Schnitte zu einer Technik gehörten, die noch aus den anatomischen Theatern und den Präpariersälen stamme. Dort habe übrigens der junge Virchow gelernt, sein Messer wie eine Schreibfeder zu fassen. Im Obduktionssaal, wo die Zeit dünner sei, müsse eine andere Messerführung her.

Wie weiland Virchow streckte Uwe den Arm so aus, dass die Klinge organisch aus seiner Faust ragte. »Je größer der Schnitt, desto übersichtlicher«, hatte Virchow geschrieben.

Florian lächelte und verfolgte Uwes Zirkusnummer wie in Trance.

Endlich trafen die Griechen ein, Anastasias und Georgias. Es erfolgte Harrys Entselbstung: War das Herz einmal raus, würde Harry in einen anderen Aggregatzustand kippen. Zuerst starben die Zellen an Sauerstoffmangel, dann starben die Organe. Über den Tod hatte Florian im Laufe der letzten Jahre einiges gelernt. Der Tod war immer anwesend, wenn man einen Körper öffnete, er war der große Analytiker, der zeigte, woher das Leiden kam und wohin Verletzungen führen konnten. Wenn Florian in das Innere eines Patienten schaute, sah er den Tod langsam auf die Organe zu kriechen. Der Tod war hier in der Klinik kein einmaliges Ereignis, kein finaler Exitus. Er war ein fleißiger Beamter, der sein Zerstörungswerk langsam vorantrieb, indem er zuerst die Organe lähmte, dann das Hirn betäubte, die Muskeln versteifte und die Eingeweide zu einem reglosen Bündel verklumpte. Schließlich stand das Herz still. Der

Tod war nichts anderes als eine Kettenreaktion in Zeitlupe – die Wahrheit über den Körper in der Sprache des Körpers.

Florian hörte die Stille.

Er war in Sarajewo, sah die Menschen nach den Schüssen zusammenbrechen. Er dachte an Sam, der jetzt aufwachen würde.

Wertvolle Zeit verstrich, nur an den Organen messbare Zeit, Zeit, die der Ewigkeit abgeluchst werden wollte. Als Uwe mit dem Skalpell in die Fettschicht drang, reagierte Harry, indem sein Oberkörper hochschnellte und seine Arme sich streckten. Der Blutdruck auf dem Monitor stieg und stieg. Konsterniert schaute Anastasias zu Florian.

»Spinale Reflexe, bei einem Toten?«, fragte der Grieche auf Englisch.

»Kann vorkommen«, sagte Florian. »Hirntote Frauen können Kinder austragen. Manchmal gibt's vereinzelte Hirnaktivitäten und Hormonproduktionen.«

Dann ging ein Raunen durch den Raum, und alle starrten auf Harrys Unterleib. Sein Glied zuckte, wurde länger und begann sich zaghaft aufzurichten. Harry hatte eine verspätete Erektion.

Das machte die beiden Griechen noch kopfscheuer. Sie verlangten eine Wiederholung der Hirntoddiagnose. Der Neurologe Buchmüller wurde gerufen und schloss das EEG an. Zu sehen war nichts als eine trennscharfe Nulllinie, die sich wie eine schnurgerade Straße durch eine Prärie zog. Das alles kostete Geduld, *patientia*, die Währung, von der es in einer Klinik immer zu wenig gab.

Der erfahrene Hirntoddiagnostiker stach Harry mit einer Nadel ins Bein. Harry antwortete mit einem Zucken der Hand und sonderte Stress- und Angstschweiß ab.

»An die Arbeit!«, sagte Uwe ungeduldig. Florian spürte, wie die eisernen Klauen seiner Müdigkeit sich ein wenig lösten. Er wandte seinen Blick von der Leiche ab und rief sich in Erinnerung, dass es hier um die Rettung von Leben ging. Irgendjemanden auf dieser Welt würde dieses Herz weiterleben lassen, irgendjemand würde mit einem neuen Kniegelenk wieder gehen können.

Mit den flinken Fingern eines Taschendiebs löste Anastasias kunstvoll das Herz aus dem Gewebe. Innert Sekunden trat das letzte Stadium des Sterbens ein. Mit einem Seufzer hielt der Grieche das Herz hoch, legte es in eine Schale mit sterilem Eis, schloss die Kühlbox und eilte unverzüglich mit seinem Kollegen aus dem Raum. Auf dem Dach wartete der Helikopter.

Endlich fuhr Florian nach Hause.

Stellen Sie die Menge noch mal ein. Zählen Sie rückwärts. Sechsundsiebzig, fünfundsiebzig …«

Ein warmes Tuch fiel über Samuel. Geruchlose Dunkelheit. Sein Gesicht löste sich in Wattebüschel auf, am Hals spürte er trockenes Eis. Stimmen, fern wie aus einem Radio, einem Nebenraum in seinem Gehirn. Ein schwerer Gegenstand fiel zu Boden. »Geben Sie mir … geben Sie mir … Florian, Ultiva.« Eine warme Flüssigkeit tröpfelte in seinen Arm. Mist, ich glaube, ich habe mir in die Hose gemacht, dachte er. Ein Pferd trabte über eine Wiese, eine Wolke verschluckte seinen Arm.

Dann schlug er die Augen auf und wollte seine Beine im Bett umlagern, aber sein Wille richtete nichts aus. Er bat die neben ihm stehende Pflegefachfrau, den Gummibarren unter seinen Füßen wegzunehmen.

»Das ist kein Gummibarren«, sagte sie und zog die Decke weg.

Was er für einen Gummibarren gehalten hatte, war sein linker Fuß.

Seit zwei Tagen träumte er immer wieder vom Aufwachen aus der Narkose. Und jedes Mal packte ihn die Angst. Es war die Angst, dass jemand in ihn eingedrungen sein könnte, dass man seine Körpergrenzen verletzt und in sein Inneres geschaut hatte.

Hitze strömte in Wellen durchs Fenster, und er hörte eine

Mücke surren. Er konnte seine Hände anfassen, aber wenn er sich an die Beine fasste, war es, als griffe er nach totem Holz.

»Inkomplette Querschnittlähmung«, hatte Florian gestern gesagt, als er ihn besuchen kam. Wie schlecht Flo ausgesehen hatte! In den wenigen Jahren, in denen sie sich nicht gesehen hatten, war seine Haut grau geworden und sein Schädel viereckig.

»Vom Apfelbaum gefallen?« Er hatte ihn lange angeschaut. »Seit wann wachsen die Bäume in den Himmel, Sam?«

Dabei wusste er doch, dass er immer gern auf Bäume geklettert war und ganze Nachmittage dort oben verbracht hatte.

»Äpfel pflücken, Hochstamm«, hatte er gesagt, und seine Stimme hatte getönt wie das Blöken eines Ziegenbocks. Wie lange hatte er seine Stimme nicht mehr gehört?

Florians halb kahler Quadratschädel glänzte im Lampenlicht, ein euklidischer Würfel.

»Du hast doch bestimmt eine Freundin. Soll ich sie anrufen?«

»Es gibt zurzeit keine Freundin, da läuft nichts.«

Florian schaute ihn an, als erwartete er noch etwas.

»Nächste Woche geht's in die Rehabklinik am Stadtrand«, sagte er dann.

Florian benutzte das gleiche Aftershave wie früher. Ein ältlicher, süßlicher Duft. Als er sich über ihn beugte, um sich mit einem Klapps auf den Arm zu verabschieden, nahm Sam nicht nur seinen Geruch wahr, etwas anderes wurde ihm bewusst: Florian redete wie ein Automat.

Aber er hatte ihn gerettet!

So wie vor über vierzig Jahren. Nach Schulschluss hatte er sich mit Flo bei der Baumhütte im Hexenwäldchen zum Spielen verabredet. Auf dem Weg dorthin war Sam von Gruner und Bigler verfolgt worden. Er war schneller als sie, aber als er sich umdrehte, waren ihm die beiden immer noch auf den Fersen. Er war auf den letzten Metern zur Baumhütte, als Bigler mit dem Ruf »Tötet die Rothaut!« nach ihm geschnappt hatte. Hinter ihm der dicke, auf seinen kurzen Froschbeinen keuchende Gruner. Und auf einmal hatten seine Beine versagt, er hatte keine Kraft mehr gehabt, wie jetzt. Gruner hatte sich auf ihn geworfen, und Bigler hatte ihm das Knie in den Oberkörper gerammt.

Eigentümlicherweise hatte er sich nicht gewehrt, obwohl er die beiden um mehr als einen Kopf überragte und auch kräftiger war. Aber er blieb einfach liegen, ließ sich von den beiden verprügeln und stachelte sie durch seine Wehrlosigkeit noch an. Gerade als er das Bewusstsein zu verlieren drohte, war Florian gekommen. Mit einem Ast hatte er auf die beiden eingedroschen und dabei wie ein Henker geflucht. Gruner und Bigler hatten sofort von ihm abgelassen und waren mit wildem Geheul davongerannt.

Er musterte seinen Freund, der im weißen Kittel und mit Halbglatze einer Epiphanie glich. Ja, Epiphanie, das Wort hatte er von Florian, dem Wortmagier, gelernt.

»Es hat keine Luft hier drin, merkst du das nicht, Flo?«

»Ich weiß. Du wirst bald ersticken.«

Florian grinste.

»Ich bin am Ersticken.«

»Sam, ehrlich: Die Sauerstoffsättigung in deinem Blut ist in Ordnung. Dein Gefühl ist subjektiv. Du wirst dich daran gewöhnen müssen, dass deine Atmung erschwert ist.«

Florian drehte sich weg und blickte zum Fenster. War da was zu sehen? In diesem Moment merkte Samuel, dass sein Freund mit seinen Emotionen kämpfte. Und da begriff er, wie es um ihn stand.

Am nächsten Tag verschlief Florian den halben Morgen, nachdem er im Traum bei einer misslingenden Blinddarmoperation assistiert und danach bis zum Vogelgezwitscher wach gelegen hatte. Die Knochen weich vor Erschöpfung, trank er seinen Kaffee und öffnete die Mailbox. Sollte er Yvonne schreiben, was Sam zugestoßen war? Er wusste nicht, wann er ihr zuletzt geschrieben hatte. Vielleicht vor einem Jahr? Yvonne hatte ihm unverbindlich zurückgeschrieben, kein Wort zu viel. Er ließ es sein. Er klickte sich durch den Yvonne-Ordner und stieß auf ein Gedicht, das sie ihm kurz nach der Trennung geschickt hatte. »Bevor dein Kopf zum Totenkopf erkaltet: Bleib erschütterbar – doch widersteh.«

Wie lange hatte er sich mit diesem Vorwurf von Rühmkorf herumschlagen müssen! Wie sollte er angesichts dessen, was mit seinem Freund geschehen war, denn nicht erschüttert sein? Und schon verfiel er in das übliche Selbstgespräch: »Der Immune ist der Sensible, Yvonne, aber man braucht einen kühlen Kopf, wenn man Menschen aufschneidet. Täglich von Kranken und Moribunden umgeben zu sein, braucht Kraft, die man nur durch Abgrenzung gewinnt.«

Wütend schrieb er Yvonne, dass sein Freund Samuel Butt gestern Abend nach einem Sturz vom Apfelbaum mit einem Wirbelsäulenbruch eingeliefert worden sei. Der große Grichting habe operiert, Gott sei Dank, verdammt noch mal, sei alles gut gegangen. Aber Sam säße nun im Rollstuhl, sein weiteres Leben sei ein einziges Fragezeichen.

Tatsächlich konnte er sich nicht vorstellen, wie Sam immobil weiterleben sollte. Nach dem Abschluss an der Kunstakademie hatte er nirgends je wirklich Fuß gefasst. Yvonne hatte dafür immer Verständnis gehabt. Eigentlich sei er ein Zigeuner, und Zigeuner dürfe man nicht einsperren, hatte sie gesagt, als man das Wort »Zigeuner« noch ungestraft in den Mund nehmen durfte. Auch dass er seine Pläne immerzu änderte und unzuverlässig war, hatte sie nie gestört. Yvonne sah darin das Wesen der Künstlernatur. Aber was Yvonne auch nicht hätte sagen können: Wie lebt so einer im Rollstuhl? Mit der immer gleichen Fensteraussicht? Und ohne Frauen?

Entschlossen schob er die Mail in den Ordner »An Yvonne« zu den anderen Nachrichten, die sie nie erreicht hatten.

Vor drei Jahren, als Sam aus ihrem Leben verschwunden war, waren Yvonne und er wie aus einem Zyklon aus der Ehe herausgeschleudert worden. Das Bild des Zyklons war sein Bild; Yvonne hatte andere Worte gewählt. Seit drei Jahren lebten sie in getrennten Welten, und er war froh, von Yvonnes Verrücktheiten nichts mehr mitzukriegen. Und doch vermisste er sie jeden Tag, lebte wie ein Amputierter mit dem Phantomschmerz, ein Migrant seiner Sehnsucht.

Er setzte sich in seinen alten Mercedes, legte die Hand auf die kühle Fläche des Armaturenbretts und atmete tief durch. Sein Blutdruck senkte sich, seine Gefäße öffneten sich. Langsam ließ er sich in dem fast lautlosen Gefährt hinunter in die Stadt rollen, ohne die gepflegten Vorgärten, die Parkplätze mit den Sportwagen und die teuren Immobilien weiter zu beachten. In seinem Auto konnte er die Welt vergessen. Auch den Schmerz des Verlassenseins und die Todesfälle von Menschen, die ihm zu nah gekommen waren. Ein Autofanatiker war er nicht; aber er liebte den alten Mercedes, den er von seinem Vater geerbt hatte, weil darin die Idee einer Kontinuität steckte, die ihm Kraft gab.

Wohlige Schläfrigkeit sickerte in sein Hirn. Er sah die Stadt als ein einziges großes Krankenlager. Es gab Vergnügungs- und Kunststätten in diesem Lager, es gab Bildungsinstitute und Kleingewerbe. Alle, die hier lebten und arbeiteten, ob zugezogen oder einheimisch, trugen Krankheiten in sich, die eines Tages ausbrechen würden. Jeder trug den Tod unter dem Herzen. In der Stadtmitte erhob sich dagegen eine imposante Klinik, in der Hunderte Einwohner aufgenommen, gepflegt, operiert und geheilt werden konnten. Einige von ihnen verschieden und kamen in den Untergrund, in die Leichen- und Sezierhallen, zu seinem Freund Rambacher. Ärzte waren über das ganze Stadtgebiet verstreut und bei jeder Tages- und Nachtzeit bereit einzugreifen. Denn die Einwohner konnten mit ihren Krankheiten nicht mehr allein sein. Sie empfanden Kranksein als eine Art Nichtmehrmenschsein, und sie übergaben diesen Teil ihres Selbst in die Hände von Spezialisten. Zu denen gehörten auch die Psychologen und die Apotheker, deren Posten so dicht über die Stadt verteilt waren wie nirgendwo sonst. Wo immer ein Schmerz auftauchte, wurde nach einem Heiler gerufen, und der entschied darüber, was es für ein Schmerz war, gab ihm einen Namen, versah ihn mit Eigenschaften und Ursachen und arbeitete daran, ihn zu lindern und zum Verschwinden zu bringen. Die Ärzte nahmen jeden Schmerz persönlich und machten ihn zu ihrer Sache. Am Fluss standen, gut sichtbar, die Türme der pharmazeutischen Industrie, die die Einwohner mit Medikamenten versorgte. Jeder nahm mehr Medikamente als nötig, und deshalb blühte die Industrie, die wiederum mit ihren Steuerabgaben die Kunst- und Vergnügungsstätten zum Blühen brachte. Die Gesundheitspflege stand im Zentrum des menschlichen Lebens, und in den letzten Jahrzehnten war sie um das Bemühen ergänzt worden, das Leben des Menschen zu verlängern. Hier, in seiner Stadt, träumte die Medizin den Traum von einer unverwundbaren Gesellschaft immer weiter.

In diesem Getriebe war er, Florian, nur ein Rädchen, das dafür sorgte, dass der Schmerz nicht zu stark wurde. Was er den Menschen verabreichte, war ein chemisches Gebet, das sie vom Schmerz befreite. Seine Tätigkeit war sinnvoll, daran hatte er keinen Zweifel. Aber alles wies darauf hin, dass es bald keiner Ärzte mehr bedurfte; in Zukunft würden sie von Gesundheitsbeamten, Gesundheitsökonomen und Gesundheitsverwaltern ersetzt werden.

Sam wollte seine Beine bewegen, um sie langsam über das Bett hinauszuschieben, den Boden zu berühren und dann seinen Körper aufzurichten. Aber nichts rührte sich. Er brauchte eine Weile, bis ihm klar wurde, dass alles nur noch im Kopf stattfand. Er wollte seine große Zehe krümmen, die unter der Bettdecke hervorlugte. Aber wie sehr er sich auch bemühte, die Zehe blieb fühl- und reglos. Er verbrachte eine endlos lange Zeit mit dem vergeblichen Versuch, die untere Körperhälfte zu bewegen.

Unfassbare Wut stieg in ihm hoch. Er nahm den erstbesten Gegenstand, einen Suppenlöffel, und schleuderte ihn gegen die Wand. Das Schicksal konnte einen doch nicht so blind treffen! Irgendetwas musste bei der OP schiefgelaufen sein. Gewiss hatte Florian einen Fehler gemacht, hatte nicht aufgepasst. Er war doch völlig übermüdet gewesen. Konnte es sein, dass ausgerechnet sein bester Freund ihn so geschädigt hatte, dass er nicht mehr auf die Beine kam?

Die Pflegefachfrau kam und stellte sich vor. Sie hieß Barbara, stammte aus Ostdeutschland und sagte streng: »Herr Butt, Sie sollten jetzt dringend die paradoxe Paraplegie erlernen.« Dabei verzog sie ihre Lippen – er sah sofort, wie schön sie waren – zu einem breiten, leicht spöttischen Lächeln.

Er schwieg, wie er immer gegenüber Leuten geschwiegen hatte, die grob zu ihm waren.

»Das Bett ist ja viel zu kurz für Sie. Sie passen gar nicht hier rein. Sind Sie mal Basketballspieler gewesen?«

Samuel schüttelte den Kopf.

»Sie müssen lernen, wieder auf eigenen Füßen zu stehen.«

Er starrte sie an.

»Das schaffen Sie schon, Herr Butt«, sagte sie, riss sein Bein in die Höhe und fuhr beim Reden mit einem Waschlappen über seine Knie und die Waden, dann die Schenkel hoch …

Halt!, wollte er rufen, denn das ging nun gar nicht.

»Sie müssen lernen, mit den anderen Schritt zu halten, auch wenn Sie keinen Schritt mehr machen können.«

Barbaras Art missfiel ihm, aber gleichzeitig erinnerte sie ihn an seine Mutter Gerda.

»Wie groß die Behinderung auch immer ist, Selbstständigkeit ist das Ziel!«

Selbstständigkeit, dachte er. Das kam doch von »stehen«? Wollte sie ihn veräppeln?

Gestern war er in die Rehabklinik verlegt worden, ein Einzelzimmer, weil gerade eines frei gewesen war. Ein Zimmer mit weißen Wänden statt mit blauen oder roten, weil sich die Innenarchitekten wohl noch nicht für eine Farbkombinationen entschieden hatten. Tatsächlich war hier alles weiß, die Decke, das Kissen, das Zahnputzglas, das Metallgestänge. Er lag inmitten allergrößter Unschuld, am Punkt Null. Alles strahlte, als würde es von innen erleuchtet. Dieses totale Weiß war wie ein leeres Blatt beim Zeichnen. Sicher würde er bald wieder auf die Beine kommen, er rechnete damit, noch vor Monatsende entlassen zu werden. Im Spätsommer würde er bereits wieder unterwegs sein!

Über seinem Bett war eine runde verglaste Öffnung in

die Decke eingelassen. Er sah die Wolken vorbeiziehen, er sah das Tageslicht in wechselnden Farben und ab und zu Vogelschwärme, die seinen Blick forttrugen. Er dankte den Architekten: Sie hatten mit diesem Himmelsloch ein Gegengewicht zu seinem gelähmten Körper geschaffen.

Mit den verbliebenen intakten Muskelfunktionen, sagte Barbara, müsse er die maximale Bewegungsfreiheit erreichen. Je mehr Muskelgruppen von der Paralyse nicht betroffen seien, desto besser. Er müsse lernen, kleinste funktionale Bewegungen wahrzunehmen und auszuweiten. Was jetzt unbeweglich scheine, könne vielleicht noch nerviert werden.

Er fragte sich, was sie im Schilde führe.

»Ja, ja«, murmelte sie geschäftig, »wir kümmern uns hier um die funktionale Selbstständigkeit des Körpers. Auch das ist ein Paradox, das Sie sich merken sollten: Sie müssen sich in fremde Hände begeben, um wieder selbstständig zu werden.«

Samuel lachte und fragte, ob sie Zigaretten dabeihabe.

»Aha, Sie können reden, das hätte ich nicht gedacht.«

Er brauche mehr Luft, rief er, er sei am Ersticken. Alle diese Rollstuhlgänger, die Pflegerinnen und was sonst noch durch die Gänge kreuche, schnappten ihm die Luft weg.

Die Ostdeutsche stand so nahe bei ihm, dass auch sie ihm die Luft wegatmete.

»Ich muss hier raus«, rief er. »Verstehen Sie denn nicht?«

Er hatte eine Ohrfeige erwartet. Aber sie legte ihre Hand auf seine Stirn, ein steter Druck.

»Es ist alles gut, Herr Butt. Wir kriegen das hin.«

Ihre Hand blieb eine Weile auf seiner Stirn. Kinderstirn. Gerdas Hand, die ihm die Haare aus dem Gesicht strich.

Gegen Berührungen war er machtlos, vor allem die von Frauen.

»Sie sind kein Opfer«, sagte sie und wies auf den Rollstuhl in der Zimmerecke. »Unser erstes Ziel.«

Samuel schaute verständnislos auf das Gefährt. Er sah die Räder, die Höhe des Sitzes und sah, dass er auch in diesen Rollstuhl nicht hineinpassen würde. Er passte einfach nirgends hin!

»Zu klein«, sagte er.

Ob er die Geschichte vom Scheinriesen nicht kenne, fragte Barbara.

Ihm falle nur der bei Jim Knopf ein.

Er erinnerte sich gern an Jim Knopf, er hatte sich immer mit ihm identifiziert.

Scheinriesen seien groß und mächtig, wenn man sie nicht kenne, so wie Riesen eben. Scheinriesen aber fehle die Kraft und die Macht, sie seien zart und sensibel. Zu sensibel!

Er. Leide. An. Atemnot!

Sein Thorax sei teilweise gelähmt. Er solle versuchen, vorsichtiger einzuatmen.

Er schlafe auch nicht mehr richtig, sein Zahnfleisch blute, der Körper tue überall weh. Er wolle endlich hinaus. Hinaus, hinaus. Aus dem Körper.

Er solle im Kopf reisen, sagte sie und nahm, ohne um Erlaubnis zu fragen, eines seiner Zeichenhefte vom Nachttisch und blätterte darin. Hätte er gekonnt, er hätte es ihr aus der Hand geschlagen.

Er sei ja erstaunlich viel herumgekommen. Italien, Spanien, Frankreich.

Er hatte die Namen der Länder, in denen die Zeichnungen entstanden waren, am Seitenrand notiert.

»Die Welt in Ihrem Kopf kann Ihnen keiner nehmen.«

Sie machte eine Grimasse, die ihn ermuntern sollte, aber bei der nächsten Seite stutzte sie. Jetzt war sie sicher bei den Aktzeichnungen. Er wartete gespannt. Aber sie verzog keine Miene und klappte das Heft zu.

Was dachte sie jetzt über ihn? Glaubte sie, er sei ein Spanner? Sollte er ihr erklären, dass es sich um Körperstudien handelte? Aber das hätte sich so angehört, als müsste er Rechenschaft ablegen.

»So, und jetzt lernen wir, uns im Rollstuhl zu bewegen.«

Sie klappte das Gefährt auf und schob es an sein Bett.

Er schaute auf den Rollstuhl, bückte sich, hob ihn auf und schleuderte ihn mit einem überraschend kräftigen Schwung in die Ecke.

Was sollte er mit einem Rollstuhl! War er mit Rädern am Hintern geboren worden? Warum sollte er sich auf Rädern bewegen? Hatte man nicht Räder erfunden, um die Menschen zu täuschen? Waren nicht alle Erfindungen gemacht worden, weil der Mensch nicht fähig war, sich seine Schwächen einzugestehen? Weil er ein Wesen war, das man dauernd verbessern musste. Künstliche Zähne, künstliche Hüftgelenke, Beinprothesen, Herzschrittmacher – der Mensch war ein einziges Materiallager. Für einen Künstler gab es nur eine einzige Weise, sich zu verbessern: genauer hinschauen, offen sein für das, was einen anschaut.

Sie schaute ungerührt in die Ecke und sagte dann ganz leise:

»Wieso führen Sie sich hier wie ein Wilder auf?«

Dann verließ sie das Zimmer und warf die Tür ins Schloss.

Nun rang er wieder nach Atem. Sie hatte es geschafft, ihm mit einem einzigen Wort die Luft zu nehmen. Wilder? Was meinte sie damit? Was bedeutete das Wort in ihrem ostdeutschen Dialekt?

Er musste sich beruhigen. Konzentrierte sich auf das Himmelsloch, durch das Blau wie reiner Sauerstoff quoll. Er gierte nach Luft.

Soll ich den Rucksack mit deinen persönlichen Dingen zu mir nach Hause nehmen?«, fragte Florian. »Die Zeichenhefte auch?«

Als Sam schwieg, bereute er seine Worte. Er hätte anders beginnen müssen. Der Hinweis auf den Rucksack war keine besonders gelungene Eröffnung, vielleicht gar eine Kränkung. Aus einem der Hefte war ein Blatt mit Tabellen herausgefallen: *Brot, 1.50 / Hemd, 13.00*. Wie lange war es her, dass ein Brot so wenig gekostet hatte und ein Hemd so billig war? Oder kaufte Sam das Brot in einer der Bäckereien, wo man die Laibe vom Vortag aufbuk und günstiger verkaufte? War das Hemd aus dem Brockenhaus? *Zwei Bier, 6.00 / Dusche, 6.50*.

Er reichte ihm das mitgebrachte Buch, Gottfried Kellers *Grünen Heinrich*. Sam lächelte.

»Genug Zeit zum Lesen habe ich ja«, sagte er und klammerte sich an die Stange seiner Bettstatt. Sein Körper war schwer geworden, schwerer als seine achtundachtzig Kilo. Sein Körper war ein Kontinent, der immerzu unterzugehen drohte. Langsam zog er sich hoch, fiel aber gleich wieder kraftlos in die Kissen. »Den toten Sack an der Stange hochziehen ist kein Spaß«, ächzte Sam. »Ja, nimm bitte auch die Hefte mit. Und schau sie dir ruhig an.«

»Gerne«, sagte Florian.

»Weißt du was, Flo? Meine Beine sind weg.«

Florian schwieg.

Sam zeigte ihm eine Zeichnung, darauf waren die Hochhäuser einer Großstadt skizziert, aber anstelle von Passanten schritt nur ein Paar Beine durch die Straßen.

Meine Beine spazieren durch San Francisco. So lautete der Titel des Bildes.

»Wir werden deine Beine trainieren müssen.«

Florian setzte sich auf einen Stuhl, um auf Augenhöhe mit Samuel zu sein.

»Meine Beine könnten irgendwo auf der Welt sein.«

»Wo waren sie denn zuletzt?«

Im Einlieferungsbericht stand, dass man ihn in der Nähe des Fußballstadions gefunden hatte. Dort gab es weit und breit keinen Apfelbaum. Florian, der ihn nicht direkt auf diesen Widerspruch ansprechen wollte, erinnerte sich, wie sie einmal ein Spiel ihres Lieblingsvereins besucht hatten und von drei betrunkenen Fans angegriffen worden waren. Sei es, weil die glaubten, dass sie dem gegnerischen Fanclub angehörten, sei es, weil Samuels Aussehen sie provoziert hatte, seine etwas dunklere Haut.

»Bist du wirklich vom Apfelbaum gefallen, Sam? Im Bericht steht, dass du in der Nähe des Fußballstadions gefunden wurdest.«

Sam knotete seine Finger um die Eisenstange des Bettes.

»Der Ast war morsch!«

»Ein Baum wie der im Garten deiner Mutter?«

»Ein Apfelbaum«, sagte Sam laut, und der erloschene Gesichtsausdruck kehrte zurück, den er bei der Einlieferung gehabt hatte.

Sein Larynx trat hervor und stellte seine Magerkeit aus. Hatte er gehungert? *Brot, 1.50*. Aber ausgemergelt zu sein hieß ja nicht, dass er schwach war. Ausgemergelte waren zäh. Und Sam war zäh.

»Was ist denn nun mit deiner Adresse?«

Sam schwieg.

»Samuel, mach endlich den Mund auf. Irgendwo in diesem Land muss es doch eine Wohnung oder ein Zimmer geben, eine Adresse, unter der du gemeldet bist.«

»Im Hafenquartier hatte ich ein Zimmer zur Untermiete.«

»Und deine Krankenversicherung?«

Mit einem Grinsen befreite er sich von der Auskunftspflicht. Und in diesem Grinsen steckte seine ganze Verachtung für diesen Mist: Wohnsitz, Bankkonto, Steuerklasse, Versicherung. In Samuels Leben hatte solcher Schnickschnack keinen Platz. Sein Leben war direkt, intensiv und weit weg vom bürgerlichen Mief.

»Ich muss zur Arbeit, Sam. Kann ich dir etwas mitbringen, hast du irgendeinen Wunsch?«

Samuel schien zu überlegen.

»Meine Beine«, sagte er blitzschnell. Dann drehte er sein Gesicht weg.

Florian war ratlos.

»Wenn ich mich aufrege, brennen die Augen wie die Hölle«, sagte Sam noch.

Florian verließ den Raum und kehrte mit Augentropfen zurück. In seiner Vorstellung saß Samuel mit einem Schild am Boden, auf dem *Ich habe Hunger* stand. Er selbst hatte keine Ahnung, was es hieß, in der Schweiz arm zu sein. Er kannte nur die üblichen Klischeebilder der Armut in Deutschland: Harz IV-Empfängerin in Stretchleggings, umringt von einer Schar verwahrloster Kinder, adipös.

Er konnte Sam nicht mit solchen Bildern in Verbindung bringen.

Die Pflegefachfrau betrat das Zimmer.

»Er muss sich mehr Mühe geben«, sagte Barbara, als sich Florian nach Sams Fortschritten erkundigte. »Wenn er weiter nur den ganzen Tag auf das Deckenfenster starrt, ist er in einem Jahr noch hier.«

Sam legte seinen Kopf schräg, und Florian spürte die Spannung, die zwischen den beiden herrschte.

»Ab morgen, lieber Herr Butt, gibt's regelmäßiges Rollstuhltraining«, sagte Barbara. »Wir müssen auf die Hinterräder kippen können und vor- und zurücksetzen.« Und wieder zu Florian gewandt: »Er ist mit allem schon spät dran, er lernt zu langsam.«

Sams Gesicht wurde lang vor Wut. Seine große Hand schnappte unsichtbare Fliegen.

»Soll ich dafür sorgen, dass jemand anderer dich pflegt?«, fragte Florian, nachdem Barbara das Zimmer verlassen hatte.

»Sie ist ein Aas, aber hübsch«, murmelte Sam.

»Sie sollte sich dir gegenüber korrekt verhalten.«

»Sie ist gescheit und sexy!«

Das war eine Ohrfeige, die Florian galt. Sam hatte ihn immer für verklemmt gehalten. Aber die Ohrfeige traf ihn selbst. Denn wofür war es gut, dass sie hübsch und gescheit und sexy war? Sam konnte sie zwar anbaggern, er konnte sie, was er perfekt beherrschte, um den Finger wickeln. Aber danach würde es nicht weiter gehen.

Sams Riesenpranke kratzte an der toten Patella.

Offenbar bevölkerten weibliche Wesen noch immer seinen Kopf. Sie waren ihm wie ein Schattenheer an diesen Ort der Versehrten gefolgt. Florian kam wieder jener Abend mit Alma in den Sinn. Sie waren sechzehn Jahre alt gewesen, als Alma und Veronika zu Besuch gekommen waren. Sam hatte vorgeschlagen, jemand könne doch eine Flasche Wein aus dem Keller holen. Dabei blickte er zu Alma, aber Alma traute sich nicht allein in den dunklen Keller. Also bot Florian an, mit ihr zu gehen. Im Keller standen sie eine Weile unschlüssig vor dem Regal und redeten aus Verlegenheit über Weinsorten. Eigentlich wollte er Alma seine Gefühle gestehen. Er war schon seit Längerem in sie verliebt. Er hätte ihr gerne gesagt, dass er sie zum »Schatz« haben wolle, ja, mit diesem Wort wäre sie zurechtgekommen. Vielleicht hätte sie sich dann zu ihm umgedreht und ihn geküsst. So stellte er sich das vor. Aber er sagte nichts, und Alma küsste ihn nicht, sondern starrte wie vereist auf die Etikette einer Weinflasche. Zufällig berührte ihre Hand seine, und sofort entschuldigte sie sich. Sie lachte verlegen. Nun hätte er sie umarmen können. Aber ein Kloß im Hals schnürte ihm die Luft ab, und sein Kopf glühte. »Fehlender Greifreflex«, hatte ihm Sam später erklärt. Dann drehte Alma ihm im Halbdunkel den Rücken zu, um Gerdas Konfitüre zu bewundern. Er sah die unter ihrem dünnen Leibchen hervortretende Anatomie, die beiden wie Flügelchen hervorstehenden Scapulae. Seine Hand hätte sie gerne berührt. Nach einer Weile sagte sie mit gepresster Stimme, sie sollten die anderen nicht warten lassen.

Sie ging dann noch einmal in den dunklen Keller, diesmal mit Sam, um eine weitere Flasche zu holen, und kam erst nach einer halben Stunde mit hochrotem Kopf zurück, eine halbe Stunde, die er mit der mundfaulen Veronika verbringen musste, auf Nadeln sitzend, weil er sich vorstellte, was die beiden im Keller alles miteinander anstellten. Nun beachtete ihn Alma nicht mehr, sondern leerte Glas um Glas und lachte mit Sam. Um Mitternacht verabschiedete man sich, und Florian war klar, dass Sam der Glückliche war. Sam? Der Junge mit dem Pferdegesicht? Aber er hatte den Greifreflex.

Samuel war der Erste, der mit ihm über Sex gesprochen hatte. Obwohl es im Haushalt der Füsslis in den medizinischen Lehrbüchern nur so wimmelte von Abbildungen des menschlichen Körpers, kannte er die weibliche Anatomie kaum. Nicht die Vulva, schon gar nicht die Klitoris. Mehr darüber erfuhr er mit dreizehn von einem Polen, Adam, mit dem sich Sam angefreundet hatte. Adam wohnte in der Nachbarschaft in einem Mehrfamilienhaus. An den Wochenenden gingen sie zu dritt in die Gemeinschaftsgarage, der Pole schnitt mit einem Taschenmesser die Schnur der Altpapierbündel auf, und sie durchsuchten die Zeitungen und Zeitschriften nach Abbildungen nackter Frauen. Schnell hatten sie heraus, in welchen Illustrierten diese zu finden waren. Sam und der Pole nahmen die Magazine nach Hause, um zu masturbieren, danach wurden sie weitergereicht, bis sie nicht mehr brauchbar waren.

Diese Garagentreffen fanden einen Sommer lang statt. Dann reiste der Pole, der drei oder vier Jahre älter war als Samuel und Florian, nach Schweden und brachte richtige Pornohefte mit. Kleinformatige, dickblättrige Heftchen, die in gelben und orangen Farben Frauen in obszönen Stellungen zeigten. Der Pole war stolz, als wären es »seine« Frauen; er ließ Florian nur wenige Sekunden hineingucken. Und Florian musste dafür sogar einen kleinen Betrag bezahlen, man wusste, dass seine Eltern vermögend waren.

Der Pole sackte das Geld ein, Sam machte dazu eine entschuldigende Grimasse, und dann riss der Pole das Heftchen auf. Aber was Florian da zu Gesicht bekam, war so schrecklich, dass er gleich wieder genug hatte. Frauen, die zwischen gespreizten Schenkeln Schäferhunde empfingen! Das war das Letzte, was er sehen wollte! Diese kranken Bilder verfolgten ihn wochenlang, und er ging nicht mehr zu den Treffen.

Spätestens mit sechzehn war Samuel ständig in irgendwelche erotischen Abenteuer verwickelt. Florian hielt mit seinem Redetalent dagegen. Er lernte diskutieren und argumentieren und schärfte sein Weltbild. Bald konnte er jedermann mit Argumenten besiegen, er perfektionierte das Reden als Kunstform, las die Rhetoriker und attackierte seine Gegner mit unermüdlichem Elan. Eines Tages sagte Alma, er sei ein interessanter Mensch, und am nächsten Tag schrieb er ihr einen Brief, in dem er einen antiken Rhetoriker zitierte. Er gründete den »Club der Philosophen« – Sam und er luden zum Streitgespräch. Sam sagte nie viel, aber wenn er den Mund aufmachte, war es eine Sensation. Natürlich debattierten sie über die großen politischen oder philosophischen Fragen der Zeit. Den real existierenden Sozialismus und Kommunismus. Was Sam nicht daran hinderte, extrem linke und, wie Florian schien, abstruse Positionen einzunehmen. Aber diese Reden mussten ja nicht an der Wirklichkeit erprobt werden. Sam hatte sich angewöhnt, in Warenhäusern Kleider zu klauen oder im Musikladen besonders begehrte Platten. Aber nicht, weil er zu wenig Geld gehabt hätte. Sondern aus ideologischen Gründen – sein Lieblingssatz stammte von Proudhon: »La propriété c'est le vol.« Und für den erntete er immer reichlich Applaus.

Florian lud auch Alma ein, um ihr zu zeigen, wie gut er argumentieren konnte. Alma war interessiert. Sie vergaß, dass er ein schüchterner Versager war. Sie begannen eine philosophische Korrespondenz. Bald trafen sie sich nicht mehr, sondern schrieben sich lange Briefe, um dem intellektuellen Austausch die, wie sie glaubten, nötige Distanz zu geben. Aus dem philosophischen Briefwechsel wurde, ohne dass sie es merkten, ein amouröser. Er zitierte Choderlos de Laclos, den sie gerade im Französischunterricht lasen, und sie schrieb, sie könne sich vorstellen, die Marquise de Merteuil zu sein, und gemeinsam mit ihm, dem Vicomte de Valmont, Intrigen zu spinnen. Das bedeutete so viel mehr, als im Keller eine Flasche Wein zu holen. Er konnte nicht mehr schlafen, er sah Alma und sich auf einem Fest, wie sie Klassenkameraden miteinander verkuppelten. Im nächsten Brief schrieb sie, sie habe davon geträumt, die junge Cécile zu sein. Das brachte ihn in Nöte, hieß es doch, dass er, der Vicomte de Valmont, sie nach allen Regeln der Kunst verführen musste. Mit heißem Kopf erwartete er die folgenden Briefe. Malte sich Situationen aus, in denen er es schaffen würde, seine Cécile zu verführen. Vielleicht eines Abends auf dem Nachhauseweg. Sie käme zufällig vorbei. Mit einem Mal würde sich der Himmel öffnen, er ihr mit einem Schirm zu Hilfe eilen. Sie würden einen Unterstand aufsuchen, eine Weile dem Regen lauschen, bis sie sich zu ihm wenden würde, um ihm einen Kuss auf die Lippen zu drücken.

Als er sie eines Abends vor dem Kino einen anderen küssen sah, zerbrach ihm die Welt. Dieser andere war Samuel.

Sam litt an Schluckstörungen, die Barbara Dysphagien nannte. Barbara sagte, das sei nicht normal, ob er sich das nicht nur einbilde? Als er es ihr vorführte, zerlegte sie ihm den hochkomplizierten Akt des Schluckens in Einzelteile. Täglich schlucke man tausend bis zweitausend Mal, bewege dabei 1,5 Liter Speichel, beschäftige vierzig Muskelpaare und fünf Hirnnerven. Ein Mal Schlucken sei ein Kunstwerk, sagte sie und umspielte mit dem Waschlappen seine große Zehe.

Sie hätte statt »Schlucken« auch »Gehen« sagen können. Ein einziger Schritt war, für sich betrachtet, ein Kunstwerk. Er war überzeugt, dass seine Schluckstörungen von der künstlichen Ernährung kamen. Sein Leben hatte Schluckauf.

»Es fühlt sich an, als wäre ich aus dem einen Leben in ein anderes gefallen«, sagte er, um Freundlichkeit bemüht, zu Barbara. »Wer bin ich?, frage ich mich.«

»Das wird sich ergeben.«

Sein Schluckauf wurde am nächsten Tag von zwei Ärzten gefilmt, die eine sogenannte Videofluoroskopie machten. Sie warfen mit Fremdwörtern um sich, um ihn zum Idioten zu machen. Noch dazu atmeten sie ihm die Luft weg und schoben ihm eine Trachealkanüle – das klang wie ein haariges Monster – in den Rachen.

Danach lag er wieder still unter dem Himmelsloch. Der Riese, der sich die Welt in seinem Kopf ausdachte. »Inkomplette Querschnittlähmung« – diese Diagnose hatte die Wucht eines herabsausenden Fallbeils. Daran hatte er zu kauen.

Er stellte sich vor, wie es wäre, wenn sich seine Beine um Handbreite über die Matratze erheben würden, und sammelte in allen Ecken und Enden seines Körpers Kraft. Er wanderte vom Kopf aus in die Extremitäten und entfachte dort kleine Energiefeuerchen, zog sie auf die Körpermitte, um in der Zentrale, im Hirn, das Kommando zum Einmarsch in die toten Glieder zu geben. Er stand wie ein General auf dem Feldherrenhügel, gespannt, ob die Untertanen parieren würden. Ein Generalswort sollte genügen, damit sich die Zehentruppen, die Wadensoldaten, die Oberschenkeloffiziere in Bewegung setzten.

Er zeichnete seine Beine, die über der Matratze schwebten. Auf einem anderen Blatt hatte er ein Brett gezeichnet, dessen Ränder unscharf waren. Dann flippte er plötzlich aus und zeichnete ein Gürteltier und einen Schwarm Ameisen. Zuletzt waren auf dem Blatt Klingen und spitze Gegenstände zu sehen.

Am Nachmittag kam Florian und versuchte, seine Stimmung zu heben. Er stand neben seinem Bett, legte den Kopf in den Nacken und betrachtete das Himmelsloch. Wie er so dastand, hatte er etwas unendlich Trauriges, als sei alles, was er sagte, nur eine Beschönigung. Oder ging es ihm etwa selber schlecht? Hinter der soliden Anstellung, seinem albernen Mercedes, hinter seinem dicken Prestige hockte etwas Schwarzes, das spürte Sam. Dann schaute Florian auf einmal auf die Uhr und meinte, er müsse zum Dienst. Dr. Füssli funktionierte immer dann am besten, wenn er einem Patienten helfen konnte. Bei hoffnungslosen Fällen versagte er. Wieso fiel es ihm so schwer, einmal etwas zu sagen, das aus vollem Herzen kam? Stattdessen dozierte er, weil er mit seinen Gefühlen nicht klarkam.

Am Mittag drängte Samuel in die Kantine. Manchmal hatte er Lust, ein Hähnchen wegzuputzen, auch wenn sein effektiver Kalorienbedarf über eine Spatzenmahlzeit nicht hinausging. Nach der Einlieferung hatte man ihm zunächst über eine Magensonde, später dann oral Nahrung zugeführt, um, wie es hieß, die intestinale Schleimhautbarriere aufrechtzuerhalten und eine Darmzottenatrophie zu vermeiden. Er hatte die Darmzottenatrophie gezeichnet: ein fettes, achtarmiges Käfermonster mit schläfrigen Augen. Seine Kaumuskulatur war nicht mehr zu gebrauchen. Der Biss war weg. Barbara sagte, er müsse mit Hartnahrungsmitteln trainieren. Aber am Ende des Tages war seine Kaumuskulatur erschöpft: Hängebacken, Mundfaulheit, Elend, Wut, Todeslust.

Die Tage rieselten durch ihn hindurch. Er konnte sich zu nichts aufraffen. Aber immer wieder rückte ihm Barbara mit ihren Sprüchen auf die Pelle: »Damit das Mögliche entsteht«, sagte sie, »musste immer schon das Unmögliche versucht werden.«

Sie hatte ihn in den Therapieraum gefahren, und er war zurückgeschreckt. Da lagen sie, die »Paras«, wie die toten Hühner auf dem Schragen, und ließen sich die Glieder massieren. Ein Paraplegikerbordell!

Lieber starrte er durch das Himmelsloch und beobachtete den Wechsel der Farben. Der Sommer wurde dünner und die Sehnsucht stärker: Das Firmament lag rot wie eine Schlachtbank über ihm.

Eine Beamtin kam und fragte nach seiner Tätigkeit. Als

er sagte, er sei Künstler und zeichne, nickte sie, offenbar hielt sie ihn für einen Idioten. Später kam Barbara, um ihm mitzuteilen, dass es im obersten Stock einen Kreativraum gebe, wo er sich austoben könne. Das Wort »austoben« belustigte ihn sehr. Barbara zeigte ihre Vorurteile manchmal so unverstellt, dass ihm warm ums Herz wurde. Neben ihr waren eine Ärztin, ein Physiotherapeut und ein Ergotherapeut für ihn abgestellt. Allesamt korrekt. Barbara blieb das größte Zwielicht in seinem neuen Leben.

Aber mit jedem Tag gewann sie mehr Macht über ihn. Heute hatte sie darauf gedrängt, dass er sich den Blasenkatheter selbst einführen lerne. Die Leitungsfunktionen seines Rückenmarks seien beim spinalen Schock kollabiert, und seine Harnblase sei schlapp wie eine Schweinsblase. Bei diesem Wort zeichnete er die Schweinsblase, die er als Fünfjähriger den anderen Kindern über den Kopf gezogen hatte. Er sah sich mit der speckigen Schweinsblase im Februarschnee. Gerda stand am Haag und lachte. Wenn sie lachte, hieß das, alles ist gut. Wenn sie lachte, war sie noch mehr seine Mutter als sonst. Das Gefühl der abgestorbenen Zehen in den nassen Schuhen, im Schweizerdeutschen sagte man »kuhnägeln« dazu, zeichnete er als lustigen Igel. Er spürte dem Schmerz des langsamen Auftauens der gefrorenen Glieder nach – so tauten ihm im Körperpanzer Momente seiner Kindheit auf.

Mit Barbara nun also täglich Selbstkatheterisierung üben. Statt ficken. Barbara ging mit einer Sachlichkeit vor, die ihm die Scham nahm. Alle vier Stunden musste das, was einmal so erfrischend Pissen hieß, in einer aufwendigen Prozedur in Angriff genommen werden.

»Sie sollten sich ruhig selbst in die Hand nehmen. Mit

der Zeit werden Sie Ihre Urinproduktion besser abschätzen.«

Er schaute auf seine zitternde Hand, die das Glied wie ein totes Reptil schüttelte. Dann starrte er auf die Plastikblumen auf Barbaras Sandalen.

Bereits die alten Ägypter, sagte sie, hätten katheterähnliche Instrumente gekannt. Damals noch aus Stroh, im Mittelalter habe man dann biegsame Röhrchen aus Fisch- und Vogelhaut benutzt. Heute kämen Kunststoff zum Einsatz und Gleitgel, das sei beim männlichen Glied wegen der Enge vonnöten.

Statt Lust zu verspüren, war er ein Objekt der Misshandlung geworden. Sein Körper hatte für Barbara keinerlei Attraktivität. Sie sah ihn nackt und dachte sich nichts dabei. Das war eine Riesenenttäuschung: Sie sah ihn nicht als Mann. Wäre er ihr unter anderen Umständen begegnet, wäre sie vielleicht am Wochenende mit ihm an den See gefahren. Barbara hatte denselben Medizinerblick wie Florian, der in jedem Körper nur das Kranke sah.

»Tut's weh?«, fragte sie. »Dann seien Sie froh, dass noch was lebt. Die Katheterisierung ist ein Segen, denn ohne sie würden Sie durch den eigenen Urin vergiftet werden.«

Der erste Selbstversuch: Er schmierte einen Löffel Gleitgel auf sein Glied und schob den Schlauch in die Blase, bis ein heißer Schmerz in seinem Kopf explodierte.

»Da ist aber noch ziemlich viel los«, freute sich Barbara. »Da strampelt ein ganzes Bündel aufmüpfiger Nerven.«

Sie klemmte ihm zur Unterstützung einen Beinspreizer zwischen die Schenkel. Wenn jetzt jemand das Zimmer betreten hätte, wäre er schockiert gewesen. Er saß dieser hübschen Frau mit gespreizten Beinen gegenüber und umfasste sein Glied mit Handschuhen. Er müsse, sagte sie, immer mit Sorgfalt vorgehen. Wegen erhöhter Infektionsgefahr dürfe der Katheter nicht mit den Händen in Berührung kommen, sondern müsse direkt ab Verpackung eingeführt werden.

Sie hatten ihm einfach den Pimmel gestohlen, der in seinem Leben immer auf Platz zwei gewesen war. Gleich hinter seiner zeichnenden Hand. Aber auch Gehen, Rennen, Schlendern, Auf-Berge-Steigen oder Fahrradfahren waren ja nicht mehr möglich. Zufällig bei einem Freund reinschneien, Ski laufen, auf Bäume klettern oder wütend mit dem Fuß aufstampfen – alles vorbei. Dieser rabenschwarzen Verlustliste hatte er nichts entgegenzusetzen, nichts außer einem Oberlicht und dem Anblick von maisgelben Plastikblumen auf Sandalen!

Ich muss Florian klarmachen, was diese Lähmung für mich bedeutet. Was ich erlebe, wenn ich durch eine Landschaft gehe, wenn mir Menschen in einer fremden Stadt entgegenkommen und meinen Blick verändern, mir entlegene Dinge auffallen, die sich neu zusammenfügen. Zum Beispiel in Indien, wo mir von den Farben der Gewürze und den Saris der Frauen so schwindlig wurde, dass ich nicht mehr hinsehen konnte. Und daneben so viel Elend und Trostlosigkeit! Ein Alter, der mich als Körperstumpf auf einem Rollbrett anbettelte. Oder das Kind, das eine Augenkrankheit hatte und blind war.

Und wie soll ich dem verklemmten Dr. Füssli erklären, was der Verlust meiner Geschlechtskraft für mich bedeutet? Mit einer Frau intim zu sein heißt für mich, jemandem ohne Maske zu begegnen. Mit einer Frau schmeckt der Biss in einen Apfel anders als allein, mit einer Frau wird aus einem Stück Gras eine Wiese. Eine Frau schaut dich an, und du begreifst, wer du bist. Sie legt ihre Hand auf deinen Körper, sie zieht deinen Körper zu sich, und du beginnst wie von selbst zu tanzen, dein Körper bewegt sich mit einer Leichtigkeit, die du von ihm nicht kennst. Und natürlich tanzt auch alles um dich herum. Mit einer Frau werden die Dinge beweglicher, die Farben deutlicher, als würde alles von innen erleuchtet.

Aber Florian hat es früher schon nicht begriffen. Er

würde auch nicht begreifen, was mir das Zeichnen bedeutet. Wie ich mich in Rom als Künstler neu erfinden musste. Als Mediziner kennt er das nicht, alles aus sich selbst holen zu müssen. Er kann nur immer besser werden, aber neu anfangen gibt's in seinem Beruf nicht. Am Anfang habe ich ganze Stapel von Blättern weggeworfen. Das Zeichnen hat mich dann aber aus dem Tief geholt, weg von den Flaschen; ich bin mit dem Zeichenblock hinausgegangen, um die Welt neu zu sehen. Galerien ade, diese ganze Welt der Heuchler und Kleinkriminellen habe ich hinter mir gelassen. Wer meine Porträts gesehen hat, war begeistert, mehr brauchte ich nicht. Was zu essen, aber ich habe gelernt, von der Hand in den Mund zu leben. Ich wäre gerne nach Portugal gefahren. Portugal ist billig, und die Leute sind friedlich. In Portugal hätte ich ein neues Leben beginnen können. Ich hätte mir auf Peniche ein Zimmer genommen und täglich hinaus aufs Meer geschaut. Aber genau in dem Moment, als der neue Horizont in Sicht war, bin ich vom Apfelbaum gefallen.

Sozusagen.

Eigentlich ist diese Klinik ein Glücksfall, eine wunderschöne Behindertenfarm. Wenn man einmal von der Eingangshalle absieht, wo der Blick auf ein totes Wasserbecken fällt, über dem die Skulptur eines schlechten Künstlers schwebt. Ein weißer Schwan. Welcher Idiot hat sich nur diesen seichten Witz, diesen in die Welt hinausflatternden Totenvogel angesichts der in ihren Rollstühlen klebenden Krüppel ausgedacht! Kunst, Kunst, Kunst; Kunst ist doch kein Feierabendwunschprogramm!

Das Gebäude als Ganzes aber ist eine beeindruckende Komposition aus Licht und Holz. Die Decken aus Tanne, die Wände aus Lärche, glaube ich zumindest. Großzügige Fensterfronten, in denen sich das Wasser der Bassins spiegelt, der Himmel frei gegen das Elsass, viel Holz, das dem Ganzen Leichtigkeit gibt, gegen die Schwere der gelähmten Körper. Mein Sinn für Gleichgewichte sagt mir, dass die Konstruktion die Durchlässigkeit zwischen Innen- und Außenwelt betont. Als wäre das Gebäude mein Körper.

Noch vor der Dämmerung erwachte er, weil sich etwas in ihm zusammengeballt hatte. Er konnte Barbara nicht um Hilfe rufen, um diese Zeit war sie nicht im Haus. Im Notfall ging es auch ohne sie, er war noch nie auf jemanden angewiesen gewesen. Er rollte ins Bad, um sich eigenhändig zu erleichtern. Er zog sich vollständig aus und begann mit dem Drücken und Pressen. Aber der Klumpen steckte fest. Im Schrank entdeckte er Gummihandschuhe, die er sich überzog, um in sich selbst zu grübeln. Es war eine einzige Plackerei. Noch dazu hinterließ er eine Riesensauerei am Boden und an den Wänden. Er nahm den Duschschlauch vom Haken und spülte das Gröbste weg, wodurch er die Sauerei nur noch vergrößerte. Nach einer halben Stunde, in der er vorsichtig auf der Klobrille vor- und zurückrückte, hatte er einen Wadenkrampf und war den Tränen nahe. Er wollte um Hilfe rufen, schämte sich aber in Grund und Boden. Mühsam grübelte er noch einen Klumpen aus sich heraus, dann saß er weinend im Bad und rief schließlich doch mit der Klingel um Hilfe. Als die Pflegefachfrau der Frühschicht kam, fluchte und schimpfte sie. Es war seine schlimmste Niederlage.

Barbara empfing er am Nachmittag mit einem überschwänglich zu nennenden Willkommensgruß. Gut gelaunt räumte sie ihm den Darm aus und klemmte ihm beim

Katheterisieren den Beinspreizer zwischen die Schenkel. Sie triumphierte.

Sie hatte ihre dunkelblonden Haare nachlässig hochgesteckt und zeigte zwei schöne Ohren. Ohren wie wertvolle Tiefseemuscheln. Wie konnte man mit dem, was sie zwischen den Ohren alles an Vorurteilen sammelte, so schön sein? Zuweilen knallte sie eine Tasse auf den Tisch, aber nur, weil sie ihre gute Laune unterstreichen wollte. Sie hatte ein ehrliches Gesicht, das leuchtete. Er hätte es gerne gezeichnet, ja, er hatte schon Skizzen gemacht. Ihre Lippen, an denen war er gescheitert. Lippen, die wie kleine Dachgiebel geschwungen waren, wenn sie lächelte, und immerzu flüsterten, wenn sie nachdachte, die Zunge im Zaun hielten und feucht glänzten, wenn sie aß oder trank.

»Am Anfang«, sagte sie, »realisieren die meisten gar nicht, dass sie nie mehr auf die Beine kommen. Sie denken, diese Grippe geht vorbei.«

»Ich bleibe nicht mehr lange hier.«

Sie wuchtete den leblosen Teil von ihm auf die andere Bettseite.

»Einige bringen sich um oder versuchen es zumindest«, sagte sie, und er roch ihren gesunden Kaugummiatem. Das Manöver erinnerte ihn daran, dass er achtundachtzig Kilo auf die Waage brachte, auf eins zweiundneunzig verteilt.

Sie zog ihm frische Unterhosen und ein kariertes Hemd an.

»Man sollte Sie alles allein machen lassen.«

Er schwieg beleidigt.

Nachts erwachte er alle drei Stunden und musste seinen Körper aus eigener Kraft wenden. Seit dem Unfall hatte er keine Nacht länger als drei Stunden am Stück geschlafen.

In den Träumen, die wie haarige Spinnen aus den Schlafnestern krochen, rannte er über Wiesen und kletterte auf Bäume, immer ohne Beine.

Er hatte gerne in den Tag hineingelebt.

Ihr Rosenknospenmund klärte ihn darüber auf, dass er von nun an nicht mehr einfach in den Tag hineinleben könne, sondern planen müsse. Zum Beispiel das Darmmanagement. Das Darmmanagement müsse koordiniert und bis zur Routine perfektioniert werden. Sie kaute auf den Fingernägeln, war wieder schnippisch. »Darmmanagement« war ja auch kein Wort, das man so einfach über die Lippen brachte, wenn man solche Lippen hatte.

Das große Geschäft dürfe nicht mehr als dreißig Minuten beanspruchen, sagte sie und legte ihre Hand versonnen auf sein Knie.

Er schrieb auf: *Den Stuhlgang im Griff haben bedeutet, das Leben im Griff haben! (Barbara)*

Sie jonglierte mit Wörtern, die er auch schon von Florian gehört hatte. Hyperkinese, dysfunktional, Hypertonie. Kleine Wortmonster, die sich in seinem Kopf festsetzten und dort weiterwaberten.

Immerhin: Mit der Zeit schlugen die Laxantien so an, dass er auf die digitale Stimulation verzichten konnte.

»Mit mehr Wissen über die Nahrungsaufnahme«, sagte Barbara, »werden Sie schnell vorankommen. Wir müssen herausfinden, wie eine Banane auf Sie wirkt.«

Das Wort »Banane« flog wie aus einer anderen Welt gegen seinen Kopf: eine Ohrfeige.

»Stopfen Sie sich Ihre Banane sonst wohin«, entfuhr es ihm.

Sie schaute ihn erschrocken an.

»Entschuldigen Sie, Herr Butt. Ich versuche ja nur, Ihnen die Wichtigkeit des Darmmanagements klarzumachen.«

»Das Wort erinnert mich an die *Financial Times* und die Börsenkurse.«

Das brachte sie zum Lachen, und sie sagte, sie habe ein kleines Depot bei einer lokalen Bank. Sie habe sich daran gewöhnt, in der Schweiz zu sein. Ein bisschen fremd zu sein helfe dabei, aufmerksam zu bleiben. Schließlich lebe sie unter lauter Menschen, denen der eigene Körper fremd sei. Man sei hier, um den eigenen Körper zurückzuerobern. Zur Abwechslung mache sie Urlaub im Senegal, sie liebe die Menschen und die Musik.

»Im Senegal?«, staunte er.

Nun hätte er sie gern gefragt, ob sie da einen Freund habe. Er hätte auch gern die Sache mit seinen Zeichnungen berichtigt. Aber jedes Mal, wenn er das Heft hervornahm, drehte sie sich weg. Er dachte daran, als er den Katheter einführen wollte, weshalb es ihm entglitt und sein Urin auf den Boden floss. Er fluchte.

Es gebe Klienten, sagte sie ungerührt, die dem Pflegepersonal gerade am Anfang einen Schwall Schimpfwörter entgegenschleuderten. Das sei die Auflehnungsphase, die bei ihm erstaunlicherweise erst jetzt einsetze.

Aber er hatte seinen Urin nicht vorsätzlich auf den Boden fließen lassen. Und er bemühte sich jetzt um eine gepflegte Ausdrucksweise.

»Digitale Stimulation« klang, als handelte es sich um eine Computermassage, dann war die Rede von »Irrigation«, sehr hübsch für eine Prozedur, bei der der Darm mit Pumpen und anderen Apparaten ausgespült wurde. Selbst das Wort »Ausspülung« tönte nach Zahnarztpraxis und weißer Schürze. Für Blähungen sagte Barbara »Meteorismus«. Eigentlich eine unappetitliche Sache: Der Stuhl blieb im Dickdarm stecken, sodass die verwirrten Darmbakterien grauenhaft stinkende Gase produzierten. Bei »Meteorismus« dachte er an die Leidenschaft von Wetterpropheten oder einen Sternsturz in seinem Himmelsloch. Nicht an dampfende Kacke. »Intervention im Rahmen des Darmmanagements« erinnerte ihn an eine bereinigende Maßnahme auf der Chefetage eines Wirtschaftsunternehmens und hatte nichts mit dem Herauskitzeln von mehreren Hundert Gramm Scheiße zu tun.

»Im Übrigen bin ich sicher, dass bei der Operation etwas schiefgelaufen ist«, sagte er.

»Was soll denn schiefgelaufen sein?«

»Füssli ist ja vor Müdigkeit fast umgefallen, das habe ich klar gesehen. Er hat die Monitore nicht gut überwacht. Vor der Operation hatte ich mehr Gefühl in den Beinen als danach. Füssli redet natürlich nicht über seinen Pfusch. Hoch zu Ross kann man schließlich nichts mehr falsch machen.«

»Aber Dr. Füssli hat einen tadellosen Ruf«, sagte sie. Danach schwieg sie, und ihr Schweigen klang wie eine Zurechtweisung.

Solange er sich erinnern konnte, war Florian immer ungeschickt gewesen, nicht einmal einen Nagel konnte der gerade in die Wand schlagen. Jetzt half ihm offenbar sein Renommee über seine Ungeschicklichkeit hinweg.

Zur absoluten Taubheit in den Beinen gesellte sich im Laufe der Woche ein brennender Schmerz in der Brust, den Barbara mit einem Mittel namens Lyrica bekämpfte. Lyrica, las er auf dem Beipackzettel, half gegen den Schmerz an jeder Bruchstelle. Wo der lebendige Körper in den toten überging, brannte ein Nervenkranz. Diese Feuerstelle gebe Anlass zur Hoffnung, sagte Barbara. Würde dieses Feuer auf den ganzen Körper übergreifen, könnte es bei seiner Heilung helfen.

»Lyrik eben«, sagte er.

»Nerven sind Dummköpfe, sie wachsen ziellos«, sagte sie. »Diese Dummheit ist Ihre Chance. Auch die nächtlichen Spasmen, wenn Sie plötzlich mit angezogenem Bein erwachen, sind von Nutzen. Sie trainieren die Muskelfasern, sodass eines Tages die Nerven vielleicht auch in die toten Regionen eindringen können.«

Beim Einschlafen sah er die Nerven als Bataillon, das in das taube Land eindrang, um es zu beleben.

Florian hatte Fotos aus ihrer Jugend mitgebracht, um seinen Freund aufzuheitern. Bei der Begrüßung war Sam einsilbig.

»Was zeichnest du?«

Sam zeigte ihm ein Blatt, auf dem eine Schlangenlinie zu sehen war.

»Was ist das?«, fragte Florian.

»Meine Wirbelsäule, was sonst. Die Linie ist durchgehend und unverletzt. Wenn ich sie zeichne, hat meine Hand das Gefühl, ich sei unverletzt. Ich glaube, dass der Körper sich selbst heilen kann.«

Florian sah der Bleistiftlinie noch das Zittern von Sams Hand an.

»Habt ihr mich eigentlich gefragt, ob ihr mich aufmachen dürft?«

»Erinnerst du dich nicht mehr an die Einlieferung?«

»Ich kann mich nicht erinnern, euch die Erlaubnis gegeben zu haben. Es war ein großes Durcheinander. Ich wollte noch mit dir reden, aber plötzlich war ich bewusstlos. Danach müsst ihr mich aufgeschnitten und mit Metallschrauben gefüllt haben. Jetzt bin ich eine Art Materiallager.«

»Hätten wir nichts gemacht, wärst du jetzt vielleicht auch vom Bauchnabel an aufwärts gelähmt.«

»Mein Körper war intakt, Florian, ihr habt ihn aufgeschnitten, um mit euren Zangen und Scheren darin herumzuwühlen.«

»*Vulnerando sanamus.* Wir müssen verletzen, um zu heilen. So haben wir deine Wirbelsäule stabilisiert.«

»Ihr habt an mir herumgetüftelt wie an einem Automotor. Du weißt doch, dass ich davor immer den größten Horror hatte. Hättest du mich nicht mit deinen Mittelchen ins Nirwana geschickt, ich hätte das nie zugelassen. Ich will nichts Fremdes in meinem Innern.«

»Ich habe die Narkoseeinleitung über einen intravenösen Zugang gemacht, der winzig klein ist. Du bist problemlos eingeschlafen.«

»Irrtum, ich habe alles gehört. Jemand hat ›Ultiva‹ gesagt, und dann ist etwas Heißes in mich reingetröpfelt. Alles wollt ihr sichtbar machen, das Innere des Bauchs, die Embryos und das Gehirn.«

»Wir suchen die Ursache der Krankheiten.«

»Schau dir mal ein Bild von Pontormo an, zum Beispiel die Kreuzabnahme, dann weißt du, welche Schönheit der Körper selbst im Schmerz hat. Diese Schönheit ertragt ihr nicht! Ihr seht den Menschen als Opfer seiner Krankheiten, und mit eurer Heilung macht ihr ihn gleich noch mal zum Opfer. Ich will aber nicht mit irgendwelchen Instrumenten traktiert werden. Als ich aufgewacht bin, war die Invasion in meinen Körper noch in vollem Gange.«

»Das Monitoring verlief sehr gut. Ich habe häufiger als sonst den Blutdruck gemessen, die Pulsoxymetrie.«

»Mit diesen Fremdwörtern ziehst du mir eine Gummikappe über den Kopf.«

»… den Sauerstoffgehalt und die Inhalationsanästhetikumskonzentration. Du hast auch deine Fremdwörter in der Kunst. Beide versuchen wir mit diesen Wörtern etwas zu begreifen.«

»Aber wie konntest du die Monitore überwachen, wenn du die ganze Zeit gedöst hast? Da muss es Phasen gegeben haben, in denen ich zu wenig Sauerstoff gekriegt habe. Ich hab's gesehen. Du warst weg vor Müdigkeit. Ich habe deine Kollegen die ganze Zeit quasseln hören.«

»Du warst in der Narkose, mein Lieber. Du unterstellst mir Pfusch, weil dich mein weißer Kittel kränkt.«

»Dein Kittel ist mir wurscht. Aber deine geheuchelte Anteilnahme, über die reg ich mich auf. Kann es sein, dass du mir immer noch nicht verziehen hast, dass ich dir damals Alma weggeschnappt habe?«

»Wirrkopf!«

»Und du hast immer noch das Gefühl, im Leben zu kurz gekommen zu sein. Dabei sind doch alle deine Wünsche in Erfüllung gegangen. Du hast Karriere gemacht …«

Beide atmeten dicke Luft.

»Du sagst, dass du uns während der OP gehört hast. Es gibt Patienten, die während der Narkose hypnagoge Bilder sehen. Ich hatte eine Patientin, die auf einer Lichtpfütze dahinschwebte, die dann bei jedem Atemzug dünner wurde, bis die Frau schließlich abstürzte.«

Sam machte eine wegwerfende Handbewegung.

»Narkotisierte befinden sich in einem Bereich zwischen Wachsein und Tiefschlaf. In diesem wunderbaren Land des Halbbewusstseins kann man Geräusche hören und Bilder sehen, das ist normal.«

»Weißt du überhaupt, wie deine Narkose wirkt?«

Florian schüttelte den Kopf. Er entnahm seiner Mappe ein Tablet und suchte nach einem bestimmten Bild.

Aufstieg in das himmlische Paradies von Hieronymus Bosch.

»Die Seligen, die durch die Röhre himmelwärts ins Paradies fliegen! Ist das nicht das Oberlicht hier in deinem Zimmer?«

Sam suchte mit wütendem Blick das Bild ab.

»Du meinst, dass die Narkosemittel diesen Übergang vom Diesseits ins Paradies möglich machen? Der Anästhesist wäre dann so eine Art Reiseführer in die Welt der Seligen?«

Florian legte ein Foto vor ihn hin.

»Unser erster gemeinsamer Ferienaufenthalt am See, erinnerst du dich? Wir waren mit Peter im Sommerhaus seines Vaters. Es stand auf Stelzen im Wasser, und wenn man aus dem Fenster schaute, hatte man das Gefühl, das Haus würde schwanken. Aber es war nur das Schilf, das sich im Wind bewegte. Es roch nach feuchtem Holz, ich mochte diesen Geruch. Weißt du noch, was wir damals gemacht haben? Wir haben fast den ganzen Tag Karten gespielt und den Enten im Schilf zugeschaut. Wir waren richtig faul und haben es genossen, dass unsere Eltern ganz weit weg waren. Einmal waren wir abends zu zweit in einer Bucht, um Fische zu fangen.«

Sam schaute ihn verwundert an.

»Das war nicht der schönste Moment dieser Ferien.«

»Wieso muss es der schönste sein?«

»Weil ich momentan versuche, mich nur an die schönen Momente zu erinnern.«

»Aber wir hätten um ein Haar einen Hecht rausgezogen, einen Prachtkerl«, rief Florian, »fast einen Meter lang. Das Glück war so nahe wie nie.«

»Ja, um ein Haar. Aber letztlich haben wir nichts gefangen, Flo. Du hast es nicht geschafft, du warst so jämmerlich ungeschickt. Der Hecht, von dem du faselst, war weg, bevor wir ihn richtig zu Gesicht bekommen haben.«

In Florians Erinnerung war es gerade umgekehrt, Sam hatte wieder mal in die Luft geguckt und es nicht geschafft, den Fisch an Land zu ziehen. Danach hatte er eine dicke Lippe riskiert, um ihm die Schuld in die Schuhe zu schieben.

»Am Ende der Woche gingen wir in den Laden, um die Fische zu kaufen, die wir unseren Müttern dann stolz unter die Nase hielten. Du wolltest die unbedingt vorher ausnehmen und hast ein Massaker veranstaltet. Und so einer hat mich operiert.«

Florians Telefon läutete, er wurde in die Klinik gerufen.

»Ein geplatzter Blinddarm und eine Prostatasektomie erwarten mich«, sagte er im Gehen.

Eine Viertelstunde später war er im Klinikgang. Georges Thibaud kam ihm entgegen, der gerade auf dem Weg in den OP war, wo man seinem Patienten den Kopf in einen Schraubstock eingepasst hatte. Thibaud würde ein winziges Loch in die Schädeldecke bohren, um danach seine Stimulationselektroden anzubringen. »Two millimeters to target«, würde Thibaud sagen, wie bei einem Drohnenangriff. Zwischendurch würde er in einem anderen Saal operieren, denn Thibaud war meistens mit mehr als einem Patienten befasst, weil er so gefragt war. Manchmal auch, weil bei der Diensteinteilung etwas schiefgegangen war. Nachher würde der Patient aus der Narkose erwachen und von seinem Tremor, der ihm das Leben schwer gemacht hatte, geheilt sein. Und er wäre Thibaud dankbar, anders als Sam, der über seinem Kampf um Unabhängigkeit vergaß, dass man ihm unentwegt half.

»Wer macht die Schilddrüse vor Mittag?«, fragte Dorothee Fässler in der Kantine.

»Grichting!«

Dorothee hing schief auf ihrem Stuhl. Sie rührte in ihrem schwarzen Kaffee und gähnte.

»Das Team wird dauernd gewechselt, ich kenne die Leute nicht mehr, mit denen ich operiere. Weißt du …« Sie seufzte und verstummte.

»Was denn?«, fragte Florian.

»Alle arbeiten immer härter und kriegen immer weniger Anerkennung.«

Er nahm sie bei der Schulter und schüttelte sie.

»Wach auf, Do, das geht vorbei!«

Dorothee hatte Schichtaugen und zu Hause einen Alkoholiker. Florians Freund Stefan Bircher und Patrick Brun, der Mund-, Kiefer- und Gesichtschirurg, gesellten sich zu ihnen. Stefans Haut hatte die Farbe von Pergament, er war seit achtzehn Stunden im Dienst und hatte dieses Mir-ist-alles-scheißegal-Gesicht.

»Hoffentlich kommt mir keiner mit seinem Weltuntergangsgejammer in die Quere«, sagte Stefan.

»Ich hatte heute schon sieben Notfälle«, sagte Dorothee. »Ich hoffe, jetzt ist Schluss, ich will nur noch einfache Sachen, Verbrennungen und Schnittwunden oder Quetschungen. Bitte nichts Kompliziertes mehr, keinen, den man erst stabilisieren muss. Neulich hatte ich um drei Uhr morgens einen Junkie. Ich habe mir nur noch seinen Tod gewünscht. Schrecklich, nicht wahr?«

Den Rollstuhl hatte Samuel inzwischen akzeptiert. Als Scheinriese, wie Barbara ihn genannt hatte, war er unterwegs, gewann Meter um Meter mehr Freiheit, und dabei gingen ihm die Augen über. Schon frühmorgens, wenn die Klinik wie ein Bienenstock summte, kurvte er schwitzend durch die Gänge. Beim Mittagessen in der Kantine machte er Bekanntschaft mit Pflegerinnen oder Pflegern. Beim Anblick eines Eisbechers – eine Kugel Himbeere, eine Kugel Pfirsich – glaubte er eine spastische Zuckung seines Glieds zu spüren. Begeistert löffelte er den Becher aus und fuhr für einen Nachschlag wieder vor der Theke vor. Die Kantine war ein Wunderwerk, fast ein Schlaraffenland, er konnte sich nehmen, was sein Herz begehrte. Die Theke, für die meisten zehn Zentimeter zu hoch, war für ihn gerade recht.

Du siehst, sagte er sich, wie Fußgänger zu Besuch kommen, wie die zwei Welten, die eigentlich nichts voneinander wissen wollen, aufeinandertreffen, wie die gesunde Welt mit ihrem Gestank der aseptischen Krüppelwelt begegnet. Der Pinscher einer Besucherin springt an dir hoch, und dir wird klar, dass du ab jetzt auf halber Höhe zwischen Mensch und Tier lebst. Tiere können dir jederzeit auf den Schoß springen, und Menschen schauen zu dir runter wie zu einem Tier. Rollst du durch die Gänge, hast du eine Gürtelschnalle, einen Hosenbund oder einen Rock vor

Augen. Hebst du den Kopf, um nicht unanständig zu sein, kriegst du einen steifen Nacken.

Nachts dachte er an die Frauen, mit denen er zusammen gewesen war. Das Gesicht von Adriana in Rom tauchte wie aus Wolken auf. Begleitet von einem Gefühl der Freiheit, wenn er mit ihr durch das nächtliche Rom gestreift war, die Freiheit des Unterwegsseins.

Was hatte er eigentlich gesucht? Freiheit in der Liebe? Absurd.

Was bist du doch für ein Romantiker, sagte er sich. Immer suchst du das, was du nicht finden kannst. Klar, das Leben ist nie gerecht. Einer raucht nicht und trinkt nicht, treibt immerzu Sport, aber eines Tages fällt er aus dem Skilift und ist tot. Mausetot. Veganer leben auch nicht länger, nur komplizierter. Gesunde verplempern ein Drittel ihrer Lebenszeit mit Sport und Fitness und sterben dann früher als gedacht.

Was heißt überhaupt »verplempern«?

Verplempert ein Mönch nicht sein ganzes Leben?

Hast du dein Leben nicht mit deiner Kunst verplempert?

Irgendeiner hat dich gezeugt, Gerda hat dich in die Welt gesetzt, du bist bei ihr aufgewachsen und Künstler geworden. Eigentlich hast du nie etwas anderes gekonnt als deine Kunst.

Barbara hatte gesagt, Glück sei lernbar.

Du hast es oft dort erfahren, wo du es nicht erwartet hast. Einmal bei einem Bauern im Appenzell, der dich als Hilfe angestellt hatte; du erinnerst dich an das dumpfe Glück im Winterstall beim Kühemelken. Werkende Hände. Glücklich bist du immer beim Schwimmen gewesen, in Flüssen oder Seen. Das Meer, nein, den Strandbetrieb hast du nie gemocht. Aber das Schwimmen im Meer schon: hinausschwimmen, untertauchen, fortschwimmen und auf dem Wasser liegen. Wenn etwas in deinem Leben schiefgelaufen ist, bist du hinausgeschwommen, immer weiter, bist an sonnigen Tagen in die glitzernden Wellen eingetaucht, immer weiter vom Ufer weggeschwommen, fast bis zum anderen Ufer, nur noch den eigenen Atem im Ohr, prustend, wenn dir das Wasser in Mund und Nase lief. Als Gerda starb, bist du nachts über den See geschwommen, eine Stunde, fast zwei Stunden lang. Zuerst dachtest du, du würdest untergehen, aber dann hat dich die Dunkelheit getragen und du warst glücklich, niemand zu sein.

Florian war immer ein miserabler Schwimmer. Kaum im Wasser, soff er ab wie ein Schleifstein. In seinem Arztkittel geht er dir auf die Nerven. Ihr habt doch eigentlich immer gut miteinander reden können. Und dann verging die Zeit wie im Flug. Ihr sprangt von einem zum anderen, und aus eurem Leben wurde ein richtiger Thementeppich. Einmal habt ihr acht Stunden durchgehend geredet und getrunken. Hinterher war dir vieles über dich klar geworden. Obwohl du dir so einen Kerl, der von Kunst und Frauen keine Ahnung hat, heute bestimmt nicht mehr als Freund aussuchen würdest.

Das neue Leben? Dein neues Leben? Neulich hast du einen Dokumentarfilm über Wolfgang Schäuble gesehen. Du bist unvorstellbar weit von ihm entfernt. Schäuble hat das Wunder der Wiederauferstehung bereits hinter sich. Die tägliche Plackerei des Kleiderwechsels, die Umstände beim Wasserlösen im Bundestag, die Rampen und all die Umstände bei Staatsbesuchen, das magst du dir nicht vorstellen. Was dir an Schäuble imponiert, ist sein Wille. Dir fehlt der Wille. Aber Schäuble hat viele Arme, die ihn stützen, tragen, kleiden und füttern. Aber man blendet im Fernsehen einfach aus, wenn er eine Treppe heruntergetragen wird.

Als Sam ihm vom Schwimmen im See vorschwärmte, erinnerte er sich an einen Ausflug. Sie waren am späten Nachmittag aufgebrochen, der Tag ging schon zur Neige, als sie den Weg zum Ufer erreichten. Die Halme des Schilfes bogen sich im dunklen Wind. Sam, der die ganze Fahrt über zappelig gewesen war, zog sich gleich die Badehose über und warf sich ins Wasser. Florian, noch am Ufer, hatte sich gefragt, wie wohl ihrer beider Zukunft aussehen würde. Sie waren zweiundzwanzig, und das richtige Leben konnte beginnen. Wer würde zuerst eine feste Freundin haben und heiraten? Wer würde zuerst Vater werden? Wer würde Karriere machen? Wohl eher Samuel, dessen Arbeiten an der Kunstschule großen Anklang fanden. Samuel würde ein gefeierter Künstler werden. Und was war mit ihm? Würde ihn seine Schüchternheit weiter blockieren? Würde er es bereuen, seinem Vater, der ihn zum Medizinstudium gedrängt hatte, nachgegeben zu haben? Hatte sein Vater es nicht immer gut gemeint, verstand er nicht mehr vom Leben?

Wer wies Sam, dem Vaterlosen, den Weg ins Leben? Gerda?

Nach dem Baden packten sie eine Flasche Wein, Käse und Brot aus und setzten sich ans Ufer. Die Dämmerung schärfte die Konturen, es wurde rasch kühl, es ging gegen Ende August. Der See war vom Wind aufgeraut, die Wellen schlugen laut gegen ein verlassenes Bootshaus, und das

Schilf stand dunkel wie ein Igelrücken vor dem Himmel. Sam erzählte, dass er oft gegen seine Niedergeschlagenheit ankämpfen müsse. Wenn die Tage lang seien, verliere er den Mut und greife zur Flasche. Das Problem kannte Florian nicht. Für ihn war jeder Tag zu kurz. So kurz, dass er nicht alles darin unterbringen konnte.

Sie redeten lange weiter, über Gott und die Welt, ohne zu ermüden. Sie erzählten sich ihre Sorgen und ihre Pläne. Florian war froh, wieder einmal »Zeit verschwenden« zu dürfen, denn die ersten Semester Medizin hatten es in sich, er würde weiter von Prüfung zu Prüfung hetzen, denn er wollte seinem Vater zeigen, dass er ein guter Student war. Sam nahm sein Studium eher auf die leichte Schulter.

Sie aßen, leerten die Flasche, und danach drehte Sam einen Joint. Es wurde kühler, und sie hätten ein Feuer machen müssen, aber dazu waren sie nun zu bekifft. Sie wickelten sich in die Frotteetücher, legten sich ins Gras und guckten in den Himmel, der langsam in rötlichen Schlieren zerfaserte. Florian erzählte, wie sich totes Fleisch anfühlte und wie es aussah, wenn man einen Körper öffnete. Er redete auch von seiner Mutter Hanna, die im Sterben lag, und von seinen Schuldgefühlen, da sie selbst jetzt keine gemeinsame Sprache fanden. Sie sah ihn nur mit großen Augen an. Hatte er ihr unrecht getan? Was hatte sie von ihm erwartet? Er würde es nicht mehr erfahren.

Danach erzählte Sam von den Vögeln; er kannte ihren Gesang und konnte sie gut auseinanderhalten.

»Hörst du die Nachtigall im Wäldchen hinter uns? Ein Männchen. Es sollte schon längst unterwegs nach Afrika sein. Es hat sich verspätet, wahrscheinlich weil es kein Weibchen bekommen hat.«

»Woher weißt du, dass es ein Männchen ist?«

Florian konnte Sams gefiederten Freund nirgends entdecken. Sam pfiff eine Melodie, und aus dem Wäldchen kam eine perlklare Antwort.

»Ich habe mich immer gefragt, warum sie so hässlich sind und trotzdem so schön singen. Mit ihrem grau-braunen Federkleid sehen sie aus wie Rentner.«

Samuels Worte hatten einen leichten Echohof, als trüge der Wind sie auf den See hinaus. Hinter ihnen, im schwarzen Wald, zogen Fledermäuse ihre Bahn.

»Nachtigallen leben gern in der Stadt. Ab Mitte August ziehen sie nach Nordafrika, in den Senegal oder nach Mali. Sie sind lange unterwegs und haben einen ausgezeichneten Orientierungssinn.«

Florian stand auf, schüttelte seine klammen Glieder und wollte aufbrechen. Aber Sam wollte noch einmal ins Wasser.

»Ein letztes Bad«, rief er und tauchte ab.

Florian stand am Ufer, in seinem Kopf rauschte die Sterngalaxis, vom Marihuana befeuert. Er blickte hinaus auf die Wasserfläche. Tausende von kleinen Lichtern schaukelten auf den Wellen, lachten ihm zu und verschwanden in der Dunkelheit. Nach einer Viertelstunde wurde er unruhig: Warum kehrte Sam nicht zurück?

Aber was war schon eine Viertelstunde bei einem geübten Schwimmer? Die Zeit dehnte sich, und die Minuten erschienen Florian wie Stunden. Droben im Firmament wurde nicht nach Minuten und Stunden, sondern nach Millionen und Milliarden von Jahren gezählt. Eine halbe Stunde war vergangen, und er stand noch immer am Ufer und überlegte, die Polizei zu rufen. Doch dann hörte er

Schläge im Wasser, Sam tauchte auf, kroch wortlos an Land und erbrach sich.

Florian war erleichtert, aber auch wütend. Sie fuhren wortlos nach Hause.

Am nächsten Tag lag Sam mit hohem Fieber im Bett. Er hatte sich eine Lungenentzündung geholt.

»Ich will keinen Arzt sehen«, rief er mit schwacher Stimme, als er Florian in der Tür stehen sah. »Ärzte machen krank.«

Plötzlich roch er sie wieder. Als er in der Kantine ein Stück Honigkuchen aß, klebte dieses Gemisch aus Sandelholz und Zitrone an seinen Fingern. Adriana. Er küsste ihre Hand, dann ihre Lippen, er roch ihren Schweiß und ihre Haare. Draußen glühte die römische Sonne. Sie lag schlafend auf dem Bauch, während die Hitze über den Dächern summte. Es war Sonntag, irgendwo plätscherte ein Brunnen, Kirchenglocken läuteten. Wenn er glücklich war, waren die Geräusche von draußen näher als sonst. Sie küsste ihn, sein langer Arm umfasste ihre Hüfte und zog sie an sich.

Zweieinhalb intensive Monate dauerte die Liebe mit Adriana. Dann wurden ihre Wünsche zu groß und begannen ihn zu erdrücken.

Barbara begleitete ihn aufs Zimmer, und er fühlte sich ertappt, als könnte sie seine Gedanken lesen. Oder ihm ins Herz schauen. Sie musste den Urinbeutel leeren.

»In schweren Fällen«, sagte sie, »fließt der Urin mittels suprapubischer Ableitung direkt aus der Blase in den Beutel. Wäre einfacher.«

»Ich bin kein schwerer Fall, ich bin überhaupt kein Fall.«

Während sie ihm bei der Toilette half, verhakten sich die Fremdwörter in seinem Kopf: suprapubisch, pubilatisch, aquapubisch. Und in seinem Körper erwachte ein Ziehen; es zog ihn hinaus auf die Landstraße, übers frühherbstliche

Land. Birnen lagen im Gras, man konnte sich Nüsse in die Jackentasche stopfen, der Wind rauschte einem durch die Haare.

»Wissen Sie«, sagte er, um sie zu provozieren, »Sehnsucht ist auch eine Art Glück.«

Sie antwortete, wie so oft, nicht mit Worten, sondern mit einer Geste, indem sie ihm den obersten Hemdknopf zuknöpfte. Wie eine biedere Ehefrau, die ihren Gatten vor dem Ausgehen die Kleider zurechtzupft.

»Sehnsucht ist ein Sehnen nach dem Zuhause in der Ferne«, sagte sie. »Kenne ich auch.«

Am Abend versank er wieder in bleikalter Verzweiflung. Draußen zogen Nebelbänke auf, aus der Kantine drang das Klappern von Besteck. Gefängnisstimmung. Er lag früh im Bett und schlenderte mit Christine, die aus der Schweiz zu Besuch war, durch die Gassen von Rom. Grün leuchteten die Büsche aus den Innenhöfen. Sie wollte unbedingt zur Fontana di Trevi. Aber er weigerte sich, zeigte ihr ein halbes Dutzend anderer Brunnen, die er viel schöner fand. Zuletzt bestand sie auf der Fontana di Trevi, die und keine andere.

Keuchend rückte er seinen Körper in eine andere Lage, eine zähe Masse, die an den Rändern zerflockte. Er fühlte sich wie eine zerstoßene Kartoffel. Irgendwo da drin steckte sein Ich, in diesem Kartoffelgefühl.

In der Nacht zeichnete er. Es war ein Glück, dass er ein Einzelzimmer hatte, vielleicht hatte Florian seine Hand im Spiel gehabt. Florian hatte auch durchgesetzt, dass er länger in der Klinik bleiben konnte, ausnahmsweise, da er sonst nirgendwohin konnte. Er skizzierte in feinen Strichen den Apfelbaum im Garten seiner Kindheit. Ein hochstämmiger Baum, »sein« Klettergerüst, auf dem er Stunden verbracht hatte. Man hatte ihm gesagt, dass lange Kerle wie er nicht gut klettern konnten, und genau deshalb stieg er gern auf Bäume. Man hatte ihm gesagt, dass er beim Hundertmeterlauf, wohl wegen seiner langen Beine, unschlagbar wäre, aber er belehrte sie eines Besseren: Meistens kam er als Letzter ins Ziel. Gerda hatte ihm Kleider genäht oder sie angepasst, um ihm die Tortur des Kleiderprobierens im Geschäft zu ersparen. So war sie: statt dass er sich den anderen anpassen musste, half sie ihm dabei, er selbst zu bleiben.

Er zeichnete viel und mit wachsender Leidenschaft. Die Hände eines Pflegers und immer wieder Barbaras Lippen. Er zeichnete einen Vogelschwarm, den er im Himmelsloch gesehen hatte. Die Skizzen bestanden nur aus wenigen Linien, die die Trennung zwischen ihm und der Welt aufhoben. Seit er das erste Mal einen Zeichenstift in der Hand gehalten hatte, wusste er, dass er den Dingen nur näher kam, wenn er sie liebte.

Abwechslung brachten die Nachmittage, an denen er eigentlich Therapie gehabt hätte. Dann war er im Rollstuhl unterwegs, der umtriebige Samuel Butt, der lange Hagere, dessen keckerndes Lachen durch die Gänge hallte. Er konnte sich nicht sattsehen an den Pflegefachfrauen. Was ist doch ein Hintern in Bewegung für ein Wunder, sagte er sich. Dann wurde ihm bewusst, dass er *out of function* war. Das Bild eines von Baumwollhosen umspannten Hinterns schwirrte durch seine Träume.

Barbara pflegte ihm das Hodenbänkli diskret unter das Skrotum zu klemmen. Bei der Visite machte sie kurz den EKG, den Eierkontrollgriff; und damit er sich im Sitzen nichts abklemmte, wurde ihm ein Stoffbällchen untergeschoben. Beim Anheben seiner Eier seufzte sie. Er hätte es ihr nicht übel genommen, wenn sie sich vor ihm geekelt hätte. Wenn er seine müde Haut und die fettigen Haare und den tristen Mund im Spiegel betrachtete, verlor er jeden Mut und wusste, dass sie ihn nie küssen würde. Er würde überhaupt nie mehr von irgendwem geküsst werden.

Oft kam Florian abends auf einen Sprung vorbei. Mit strenger Miene fragte er Barbara über Samuels Fortschritte aus.

»Fortschritte? Er kennt nicht mal das Wort. Kaum Physiotherapie, keine Disziplin, sich selber zu pflegen, und die Übungen gegen Muskelschwund macht er auch nicht. Herr Butt erledigt nur das, was er mich aus Scham nicht machen lassen will. Er glaubt an die Wiedergeburt in einem gesunden Körper. Trotzdem: Ich finde, wir haben es gut miteinander.«

Barbara beliebte zu übertreiben.

»Ich habe Schmerzen«, verteidigte sich Sam.

»Ich habe die Ergebnisse der Operation genauestens überprüft, und es ist unwahrscheinlich, dass du Schmerzen hast.«

»Müsste ich das nicht am besten wissen? Hältst du meine Schmerzen für eingebildet, nur weil du sie nicht auf deinem Radar siehst?«

»Wenn du darauf bestehst, sollten wir das abklären. Vielleicht muss dann nochmals operiert werden.«

»Um Himmels willen«, entfuhr es Sam.

Barbara verließ das Zimmer.

»Es ist nicht wahr, dass ich nichts tue«, sagte er, als sie draußen war. »Barbara kann sich einfach nicht vorstellen, was es bedeutet, gelähmt zu sein.«

»Sie hat schon zahllose Fälle wie dich betreut. Sie muss sich vor dir schützen. Zu viel Empathie ist schädlich in ihrem Beruf.«

»Dann wären Roboter doch die beste Lösung, auch gegen den Pflegekräftemangel!«

»Vielleicht, was weiß ich. Und was ich über Barbara sage, gilt übrigens auch für mich, für uns Ärzte. Zu viel Empathie, und wir sind handlungsunfähig. Geübte Chirurgen wie Grichting, aber auch Uwe, blenden den Schmerz der Patienten aus.«

Dr. Florian Füssli stand auf. Sam wusste, jetzt würde er dozieren.

»Neuronale Forschungen haben gezeigt, dass beim Beobachten von Schmerz ähnliche Hirnstrukturen aktiviert werden wie bei der eigenen Schmerzerfahrung. Es gibt also eine neuronale Entsprechung durch Empathie. Auch fremder Schmerz tut weh, Samuel.«

»Meiner auch?«, fragte Sam.

»Ich leide mit dir, trotzdem bleibt die Erfahrung, die du jetzt machst, letztlich für mich unzugänglich.«

Florian verschränkte die Arme im Rücken, eine Haltung, die Sam besonders auf die Nerven ging, weil er dann aussah wie sein eigener Vater.

»Mit der Zeit nehmen die neuronalen Reaktionen ab. Hirnareale habituieren, wir gewöhnen uns an den Schmerz der anderen, mit wachsender Routine verringert sich der empathische Stress.«

»Abstumpfung, sag's doch einfach!«

»Empathie ist immer eine emotionale Reaktion. Auch bei mir.«

»Du kannst dir also nicht vorstellen, wie es mir geht? Du

willst es dir nicht vorstellen, weil es dir zu viel würde, nicht wahr?«

»Kannst du dir denn vorstellen, ein anderer zu sein?«, erwiderte Florian milde. »Nehmen wir mal an, du wärst nicht der, der seinen Fall verdrängt, der so tut, als käme er bald wieder hier raus, also der, der eine kindliche Trotzreaktion zeigt. Nehmen wir an, du wärst jemand, der seine Kräfte für seine Genesung und nicht für Phantastereien einsetzt.«

Florian hielt inne, als müsste er auf dem Feldherrenhügel eine Rast einlegen.

»Ich bin Künstler, vergiss das nicht. Ich zeichne Menschen, indem ich mich in sie einfühle. Ich habe mich in meinem Leben oft in andere versetzt. Ich habe mir vorgestellt, wie es wäre, ein Millionär zu sein und über so viel Geld zu verfügen, dass ich mir alles kaufen kann. Als die World Trade Türme einstürzten, stellte ich mir vor, einer der Terroristen zu sein. Wie fühlt es sich an, habe ich mich damals gefragt, ein Flugzeug in ein Hochhaus zu steuern.«

»Hast du dich je in mich hineinversetzt?«, fragte Florian.

Sam blickte ihn verdutzt an und schüttelte den Kopf. »Du weißt nicht, wie es ist, wenn sich der Körper anfühlt wie eine Kartoffel, eine Schublade oder ein Komet.«

An manchen Tagen ging es Samuel wie einem Institutszögling. Es gefiel ihm, dass er einen festen Platz hatte, einen fixen Stundenplan und dass er bei den anderen gut gelitten war. Er gehörte dazu und blieb doch auf Distanz. Einmal musste er für eine Woche sein Zimmer teilen. Mit Georg, der »Schorsch« genannt werden wollte. Schorsch hatte eine tüchtige Frau und zwei handwerklich begabte Söhne, die sein Haus gerade rollstuhlgängig machten. Der Einblick in ein bürgerliches Leben mit brodelnden Kochtöpfen in der Küche und Hausschlappen in der Diele verleidete Samuel das Zusammensein mit Schorsch.

An einem Abend gab es einen Vortrag zu einem Thema, das »alle angeht«, wie Barbara sagte. Mit »alle« waren die Dreiviertel-, Halb und Einviertelmenschen gemeint. So nannte Samuel sich und die anderen Insassen der Rehabklinik. Der Titel des Vortrags lautete: »Kann die Propriozeption bei der Rehabilitation helfen?«. Samuel schrieb sich das lange Wort auf und starrte abwechselnd auf den Bandwurm und nach vorne. Barbara hatte gesagt, dass der Vortrag auch für ihn als Künstler von Interesse sein könne.

Eine alterslose Frau fuhr im Rollstuhl vor. Sie hieß Lisette und kam aus Marseille. Samuel hörte sofort die Möwen über den Dächern lachen und sah an der Corniche die Wellen gegen das Ufer schlagen. Immer hatte ihn das Fernweh in seinen Klauen.

Lisette aber sagte: »Ich bringe euch ein seltenes Leiden aus Marseille mit. Damit ihr das versteht, muss ich zuerst auf den Begriff Propriozeption eingehen.«

Sie hob beide Arme, schloss die Augen und legte die Fingerspitzen aneinander.

»Propriozeption ist eine Art Tiefenwahrnehmung, ein sechster Sinn für Bewegungen. An der Muskulatur und an den Nervenfasern befinden sich Rezeptoren, die bei jeder Bewegung Signale ans Hirn senden. Mit diesen Informationen stellt das Hirn Harmonie zwischen den Bewegungsabläufen her. Das klingt banal, ist es aber nicht«, sagte Lisette und rollte einen halben Meter rückwärts, als müsste sie dieser ungeheuren Erkenntnis Raum verschaffen.

»Wir alle haben so unsere Erfahrungen mit Beweglichkeit respektive Unbeweglichkeit gemacht«, sagte sie, in einem Ton, als wäre sie in einer Gesundheitssendung im Fernsehen. »Zerlegt man einen simplen Sprung in seine Einzelteile, wird deutlich, dass es sich um ein Kunstwerk handelt. Dazu muss man sich den Menschen wie eine Marionette vorstellen. Um sich zielsicher im Raum bewegen zu können, muss einer, der die Fäden in der Hand hält, die Koordination von Muskeln, Gelenken und Sehnen übernehmen. Eine Art Marionettenspieler.«

Sie lächelte ein Koboldlächeln.

»Jeder hat einen solchen Koordinator in sich, der für die Propriozeption zuständig ist.«

Das Wort lag ihr wie eine haarige Wurzel auf der Zunge. Sie hielt inne, um einen großen Schluck Wasser zu trinken. Samuel verfolgte gebannt, wie sich die Hand mit dem Glas zum Mund bewegte, der Mund sich spitzte und das Wasser einsog. Vielleicht lag das Geheimnis des Lebens in solchen

Mikroabläufen, die längst nicht erschöpfend erforscht waren. Würde man diese Mikroabläufe besser verstehen, ließen sich vielleicht auch innere Heilmethoden gegen Lähmungen entwickeln. Samuel konnte sich vorstellen, dass große Zeichner wie Leonardo darum gewusst hatten.

Kaum hatte Lisette getrunken, zeigte sie auf ihren Arm, der das Wasserglas behutsam auf ein Tischchen stellte, und sagte, dass sie diese Bewegung nur habe machen können, weil sie mit den Augen die fehlende Koordination ihres Armes kompensiert habe. Bei normalen Menschen – und beim Wort »normal« fühlte Samuel einen Stich – würden Bewegung und Position des Arms im Raum ans Hirn gemeldet, wo wiederum Kraft- und Widerstandssinn, also Druck und Zug, austariert würden. Es gehe also darum, die Eigenwahrnehmung zu stärken.

Samuel sann dem Wort »Eigenwahrnehmung« nach. Seit seinem Unfall wurde er darauf gedrillt. Wenn er zeichnete, dann stellte er sich die Regionen des Körpers so genau wie möglich vor. Nur hatte er bis jetzt nicht gewusst, dass diese Beschäftigung mit sich selbst Eigenwahrnehmung hieß.

Die eigene Position im Raum zu bestimmen, sagte Lisette nun, erscheine oft als Suche nach dem Sinn des Lebens. Der Mensch sei ja ein ek-sistierendes Wesen. Seiner selbst werde er nur gewahr, wenn er seine Grenzen spüre.

Und dann sagte Lisette einige Sätze, die wie ein Blitz in Samuels Bewusstsein fuhren. Sie könne zuweilen keinen Unterschied zwischen sich und einem Stuhl oder einem Tisch ausmachen. Die ganze Umgebung sei sie, das sei schon ziemlich verrückt.

Dann schwieg sie, und Samuel wusste: Genau das war auch sein Problem, dass er nirgends mehr aufhörte.

Es wurde geklatscht, aber es klang, als schlügen die Enten draußen müde mit den Flügeln. Es klang behindert.

Während Lisette Fragen beantwortete und Übungsgeräte zur Stärkung der Propriozeption ausgepackt wurden, ein himmelblaues Ballkissen, ein militärgrünes Balance Pad und ein orange leuchtender Therapiekreisel, erfasste Samuel ein Gefühl, wie er es seit Rom nicht mehr gehabt hatte. Eine Tür war aufgegangen, hinter der eine neue, aufregende Landschaft lag. Er war dabei, etwas Neues über seinen Zustand zu begreifen. Es gab also einen Sinn, mit dem er sich selbst sehen und spüren konnte. Und dieser Sinn war immer da, auch wenn er sich dessen nicht bewusst war. Er konnte Florian sagen, dass er vom Apfelbaum gefallen war, weil er das Gleichgewicht verloren hatte, und das Gleichgewicht hatte er verloren, weil er sich selbst nicht mehr gespürt hatte.

Am nächsten Tag ging er ins Internet, um dem Wortwurm nachzuforschen, und stieß auf einen Artikel über das Gleichgewichtsorgan, in der Medizin auch Vestibularorgan genannt. Es bestand aus einem kleinen Apparat, der im Innenohr am Felsenbein klebte. Als er es zeichnete, empfand er Zärtlichkeit. Geduldig skizzierte er das Vorhofsäckchen und die drei bogenförmigen Gänge. Diese waren teils mit Lymphflüssigkeit gefüllt und standen in rechtem Winkel zueinander. Je mehr er ins Detail ging, desto geheimnisvoller wurde das Organ. Die Vorhofsäckchen standen wie die drei Seiten eines Würfels gegeneinander und trafen in einer Ecke aufeinander. An den Innenwänden befanden sich hochempfindliche Härchen, jedes einzelne mit einem Nerv verbunden. Bei jeder noch so kleinen Bewegung des Kopfes regte sich die Flüssigkeit in den Bogengängen, und die Sinneshärchen leiteten die Information weiter an das Kleinhirn. Drehte man sich längere Zeit um die eigene Achse, rotierte die Flüssigkeit, und man verlor die Orientierung.

Was für ein schönes Organ! Als Kind hatte er sich oft um die eigene Achse gedreht, bis ihm schwindelte, bis er taumelte und von der lachenden Gerda aufgefangen wurde. Als Kind hatte er immer geglaubt, dass sich die Erde um ihn drehe. Und Gerda hatte ihm nie widersprochen.

Am Wochenende fuhr ihn Florian in den Park. Florian gab nicht zu, dass es auch ihm guttat, in andere Lebenssphären zu kommen. Es war ein goldener Tag, die Luft auf Beckenhöhe schon etwas kühl, und man musste aufpassen, nicht von Erinnerungen übermannt zu werden. Früher war Florian an solchen Tagen oft mit Yvonne über Land gefahren, um in einem Landgasthof abzusteigen.

Aber sein Freund wollte in die Stadt. Umsichtig stieß Florian den Rollstuhl über die Gehsteige, er hatte darin eine gewisse Sicherheit, wie Ärzte sie gegenüber technischem Gerät im Gesundheitsbereich eben haben. Zwei Teenager rauschten auf Skateboards an ihnen vorbei, und Florian hörte das Wort »Krüppel«, das ihm wie Gift ins Ohr kroch. Es kam aus dem Mittelalter und bedeutete ursprünglich »Gekrümmter«. Das neutralere »Invalide« mochte er ebenso wenig, auf Französisch hieß das »ungültig«. Samuel war kein entwerteter Fahrschein.

Sie betraten den Kannenfeldpark, der einmal ein Friedhof für französische Soldaten gewesen war, die im Krieg von 1870 gefallen waren. Neben dem gusseisernen Tor war eine Tafel, die Hunden den Zutritt verbot. Ein sympathisches Schild, fand Sam, denn er mochte Hunde nicht, obwohl er eine Zeit lang welche gemalt hatte. Nicht nur ihre Hinterlassenschaften im Gras, auch ihr Gekläff, sobald ein anderer Artgenosse auftauchte, gingen ihm auf die Nerven.

Stattdessen drehten Jogger in knappen Outfits ihre Runden. Florian schob den Rollstuhl auf Nebenwege und versuchte sich in Samuel hineinzuversetzen. Überall Menschen in Bewegung, Kinder, die auf Eisengestellen turnten oder die Rutsche heruntersausten, Frauen, die Tai Chi machten. Die Welt war ein einziges bewegtes Wimmelbild, das Sam kränken musste. Nicht einmal die Bäume standen still, sondern bewegten ihre Äste im Wind. Aber das alles sah Sam offenbar gar nicht, er wollte allein sein und zeichnen. Also setzte sich Florian abseits auf eine Bank und ließ ihn machen.

Trotz ihrer liberalen Haltung hatte Gerda immer wieder Pläne für Samuel geschmiedet. Zuerst sollte er Ingenieur werden, dann Sportlehrer, weil er so lange Beine hatte, zuletzt gar Arzt. Diese Idee hatte Gerda, die sonst nicht mit Realitätsblindheit geschlagen war, nicht mehr losgelassen: Dr. med. Samuel Butt, das wäre Gerda sehr recht gewesen. Sie wollte, dass sich ihr gefährdeter Zögling auf die Seite der Retter schlug. Sie schenkte ihm einen Anatomieatlas zu Weihnachten, den er bei der erstbesten Gelegenheit Florian vermachte.

Ihre Wünsche hatten sich nicht erfüllt. Florian absolvierte eine Prüfung nach der anderen, während der Kunststudent Samuel an der Kunsthochschule seine ersten Assemblagen mit Karton, Ton und alten Fotos vom Trödelmarkt entwarf. Dann wurde Samuel an eine regionale Ausstellung eingeladen und erhielt ein Stipendium. Wenn Florian ihn in seinem Atelier besuchte, stand er stolz und wortkarg neben seiner Kunst. Sein Schweigen machte allen Eindruck, er strahlte eine intelligente, wortlose Unschuld aus. Er konnte nichts für das, was er schuf, und was er schuf war entweder besser als er, oder er war besser als das, was er schuf.

Florian hatte mit Sams ersten Assemblagen nicht allzu viel anfangen können, auch wenn er ahnte, dass seine Installationen mit Materialien, die aus ihrem Kontext gerissen waren, etwas mit Samuels unklarer Herkunft zu tun hatten. Aber man sagte seinem Freund eine glänzende Karriere voraus.

Doch Samuel kam im verrückten Kunstbetrieb der Neunziger kaum voran, er konnte nicht gut für sich werben. Es gelang ihm nicht, sich bei den wichtigen Leuten beliebt zu machen. Nach dem Studium ging Sam für ein halbes Jahr bei einem Künstler in Südfrankreich in die Lehre, der farbige Blechkühe auf Wiesen stellte. Florian verbrachte nach dem Staatsexamen ein Jahr in Afrika und arbeitete bei Médecins sans frontières, ein improvisierter Noteinsatz folgte dem nächsten. Diese Zeit steckte ihm noch immer in den Knochen, in Sarajewo hatte er wieder davon geträumt. Zurück in der Schweiz, trafen die beiden wieder zusammen. Sam lebte von der Hand in den Mund, und wenn Florian nach seinem Auskommen fragte, wurde er wütend. Mit Ende dreißig lernte Samuel eine zehn Jahre jüngere Frau kennen. Christine arbeitete in einer Schweizer Bank im unteren Kader. Zur selben Zeit lernte Florian die Journalistin Yvonne kennen und verliebte sich in sie, die damals noch für die Kulturredaktion der Lokalzeitung unterwegs war und alle Tanzschuppen kannte. Die beiden Frauen schlossen schnell Freundschaft. Florian fand Christine zwar etwas konventionell, vor allem, wenn sie sich über Kunst äußerte. Aber er selbst verstand auch nicht viel davon, und schließlich war sie Sam Freundin, schien sogar seine große Liebe zu sein. Christine wiederum schien Mühe mit Florians schwarzem Humor zu haben.

Sam und Yvonne dagegen mochten sich von Anfang an, das war unübersehbar. Wenn sie ihrer gemeinsamen Leidenschaft, dem Tanzen nachgingen, stand Florian meist an der Bar, unterhielt sich mit Christine oder studierte die Tanzenden. Sam war ein Chamäleon: nicht alltagstauglich, aber ein Verführer auf der Tanzfläche. Bevor er Christine kennenlernte, hatte er sich in billigen Kneipen rumgetrieben und wäre beinahe zum Säufer geworden. Dann war Christine in sein Leben getreten wie in ein unordentliches Zimmer, wo sie erst einmal aufräumte, lüftete und sich wohnlich einrichtete. Jedes Ding hatte plötzlich seinen Ort, und es gab feste Abläufe. Die Nächte verbrachte er bei Christine, die Tage im Atelier.

Er malte jetzt auch – unreine, monochrome Bilder, in welchen nach und nach Landschaften mit Schilf, dann Insekten und Fische auftauchten. Vom Atelier hielt er Christine aber fern, denn als sie einmal dort gewesen war, hatte sie sein Geschirr gewaschen und aufgeräumt, sodass es dort aussah wie in einem Lagerhaus von Ikea. Aus Protest schlief er eine Woche lang im Atelier. Besorgt hatte Christine Florian angerufen. Die ganze Geschichte mit ihrem Ex-Mann, einem Banker, kam ihr hoch, sie wollte Samuel mit Haut und Haar, nur mit ihm habe ihr Leben einen Sinn. Sam war ihr Projekt, sie wollte ihn auf den rechten Weg bringen.

Als er wieder in ihre geräumige Stadtwohnung zurückkehrte, drohte er damit, alle ihre Bilder von den Wänden zu nehmen und zu verholzen. Auch ihre Möbel hätte er am liebsten zu Kleinholz gemacht, bis auf das Bett, denn die Nächte waren ihre beste Zeit. Natürlich hielt er sich zurück.

Christine genoss seine Wildheit und wollte ihn gleichzeitig zähmen. Sie plante ein Wellnessweekend, das er in seinem Atelier arbeitend vergaß. Sie wollte mit ihm ins Gebirge, und er betrank sich am Vorabend in einer Kneipe und verschlief den halben Tag. Seinen Störmanövern begegnete sie mit erstaunlicher Milde, offenbar musste er sich so verhalten, um sich gegen ihre Liebe zur Wehr zu setzen. Und zur Wehr setzen musste er sich schließlich nur, weil er ihr verfallen war. Lag sie da nicht richtig? Bis jetzt hatten sich die Frauen immer an ihn gehängt, sie hatten sich an seinem sperrigen Charakter gerieben und ihn, wenn er nicht mehr auf sie einging, verlassen.

Aber Christine war stur und mit der Zeit schien Sam ihre Regeln zu akzeptieren, und wenn sie abends andere Leute trafen, klammerte er sich nicht mehr stumm an seine Bierflasche, sondern beteiligte sich am Gespräch. Er begleitete Christine beim Kleiderkauf und hielt ihr Vorträge über die Qualität von Herrenhemden. Gemeinsam planten sie einen langen Sommerurlaub in den Vereinigten Staaten, mit dem Mietwagen sollte es von Vancouver über Portland bis nach Kalifornien gehen. Sam besorgte sich sogar in der Stadtbibliothek Kataloge der bekanntesten Museen. Bezahlen würde die Reise natürlich Christine.

»Was glaubst du, Flo, werden sie nach ihrer Rückkehr heiraten?«, hatte Yvonne gefragt, und ihre graublauen Augen hatten spöttisch gefunkelt.

»Was glaubst denn du?«, hatte er zurückgefragt. »Vielleicht nehmen sie sich ein Vorbild an uns.«

Als er Sam kurz darauf im Atelier abholte, um mit ihm zum Schwimmen zu fahren, sah er, dass er einen Teil seiner neuen Landschaftsbilder zerstört hatte. Ein Bild hatte er mit einem Messer aufgeschlitzt, wie eine Wunde klaffte der Schnitt. Sam holte eine Flasche Wein aus dem Kühlschrank und begann zu trinken. Zögerlich zuerst, dann immer entschlossener. Er zeigte ihm ein Bild von Christine, strahlend, aufgeräumt, eine untadelige Frau. Er hatte das Bild zur Hälfte übermalt. Gleichzeitig sprach er von möglichen Ausstellungen. Er hatte etwas Gehetztes, Manisches an sich.

Florian war beeindruckt von den neuen Bildern, deren verlaufende Farbflächen von berückender Intensität waren. Sam rauchte wie ein Schlot, füllte ständig ihre Gläser und schwitzte in seinem Unterhemd. Im Hintergrund lief griechische Musik, irgendwann stieg er auf den Tisch und mimte den tanzenden Sorbas. Lachend und betrunken. Ein dichter Bart verhüllte sein hageres Gesicht, er war noch schlaksiger geworden. Im Atelier lagen zerlesene Taschenbücher zwischen lauter leeren Weinflaschen, und Florian hatte die Vermutung, dass Sam nicht nur trank, sondern auch Drogen nahm.

Etwas zwischen Sam und Christine schien zerbrochen, und tatsächlich ging es nun immer schneller bergab. Sam verlor den Boden unter den Füßen. Nach einem halben Jahr konnte er sein Atelier nicht mehr bezahlen, neue Ausstellungen gab es keine. Oft sind es Zufälle, die einem Künstler Aufmerksamkeit und Erfolg bescheren. Aber Samuel Butts Misserfolg lag wohl daran, dass seine Bilder zu heftig, zu komplex waren; man versank in den Farbflächen, die gewohnte Wahrnehmung wurde durchgeschüttelt, es konnte einem schwindlig werden. Wer wollte so etwas in den eigenen vier Wänden haben?

Der Urlaub mit Christine fiel flach. Sam setzte sich nach

Norwegen ab, Christine musste getröstet werden. Aber Florian hatte damals keine Zeit, sich darum zu kümmern. Seine eigene Beziehungskrise absorbierte ihn vollkommen, ein Geschwür, das er nicht verorten konnte, das seine Metastasen aber überallhin verteilte. Selbst der tägliche Einkauf wurde zum Anlass für Streit. Später, es war die Zeit seiner Trennung von Yvonne, erfuhr Florian, dass Sam in Rom sei, mit einem Stipendium. Christine hatte noch etliche Male bei ihnen angerufen. Aber da sie fast nur noch mit Yvonne redete, wusste er bis heute nicht, was zwischen ihr und Sam eigentlich vorgefallen war.

Florian fiel auf, dass er über Sams Zeit in Rom so gut wie nichts wusste. Nur, dass sich Sams Kunst radikal verändert hatte: Er hatte seit Rom nie mehr einen Pinsel in die Hand genommen und nur noch gezeichnet. Warum hatte er mitten im Leben einen Neubeginn gewagt?

Florian ahnte, dass die wichtigen Entscheidungen, die Gelenkstellen im Leben, erst sehr viel später als solche erkannt werden. Immer erst, wenn es zu spät ist. Auch bei seiner Trennung von Yvonne war es so gewesen. In dem Augenblick, da er sich mehr der Beziehung hätte widmen sollen, war das Angebot zum Oberarzt gekommen und er hatte sofort zugesagt, ohne Yvonne mit einzubeziehen. Sie ärgerte sich über die vielen Überstunden, die er machen musste. Er ärgerte sich über ihre Ungeduld. Sie entfernten sich immer weiter voneinander und trennten sich schließlich. Vielleicht hätten sie, wie Yvonne es gewollt hatte, zu einem Paartherapeuten gehen müssen.

Fragen über Fragen, die er sich auch jetzt noch, nach all den Jahren, immer wieder stellte.

Als sich die Sonne in den Kronen der Bäume verfing,

rief Sam nach ihm. Er wollte zurück, ihm war kalt. Florian fragte ganz beiläufig, ob er noch Kontakt zu Christine habe und wie es ihm eigentlich vor drei Jahren in Rom ergangen sei. Sam schwieg.

Ausgerechnet mit Christine, die überhaupt nicht zu ihm passte, hatte sich sein Freund damals verhakt. Aber was hieß das schon, »zu jemandem passen«? Hatten Yvonne und er »zusammengepasst«? Von heute aus erkannte er mehr Gemeinsamkeiten, als ihm lieb war. Und doch hatten sie sich getrennt, in »gegenseitigem Einverständnis«.

»Im Erobern sind Männer stärker, in der Trennung erweist sich die wahre Stärke der Frauen«, hatte Sam einmal gesagt.

Das traf auf Yvonne und ihn keineswegs zu. Yvonne war die Trennung schwergefallen, er dagegen hatte sich immunisiert, weil er nicht länger widersprüchlichen Gefühlen ausgesetzt sein wollte.

Keuchend fuhr er mit dem Fahrrad über die Wettsteinbrücke, nachdem er seine Erledigungen getätigt hatte. Sobald er nicht in der Klinik war, holten ihn die Erinnerungen ein. Zuweilen blieb sein Blick sehnsüchtig an vorbeigehenden Frauen haften. Vor dem Kunstmuseum glaubte er Yvonne unter den Arkaden zu sehen. Das Kunstmuseum war ihr Tempel gewesen.

Mindestens einmal im Monat war sie dort, um sich vor einem Bild zu »verwandeln«, wie sie sagte. Er hatte diesen Tempel gemieden; allein schon der Anblick der wuchtigen, von Stockwerk zu Stockwerk führenden Treppen hatte ihm jedes einzelne Kilo Übergewicht vor Augen geführt.

Ihn interessierten die lebendigen Körper seiner Patienten, nicht die gemalten im Museum. Yvonne hatte ihm vorgeworfen, dass er von Kunst so viel verstehe wie ein Pferd vom Kuchenbacken.

Das war in einer Zeit gewesen, als Sams Kunst zum Zankapfel zwischen ihnen wurde. Sie kamen gerade aus dem Museum, als der Disput begann. Florian war der Ansicht, dass Sam mit einer Bankangestellten liiert war, um sich endlich von seiner Kunst lossagen zu können. Er musste doch genug haben von der Fron des Künstlerdaseins.

Yvonne blieb mitten auf dem Gehsteig stehen, als täte sich die Erde vor ihr auf, und holte ihre Zigaretten aus der Tasche. Mit der Routine einer langjährigen Raucherin nahm sie einen Zug, um Florian dann in einer einzigen Suada zu widersprechen.

Sie hatte sich mit Sams Malereien befasst und glaubte, er könne endlich im Kunstmarkt Tritt fassen. Seine Landschaftsbilder wie auch die neuen, halb abstrakten Tierbilder würden eine Kraft und Entschlossenheit zeigen, die sie marktgängiger machten als die komplizierten Assemblagen. Auf jeden Fall hätten diese Bilder das Potenzial, den Betrachter produktiv zu verunsichern, die Hundebilder vor allem.

Florian mochte die Hundebilder nicht. Und Yvonnes flammendes Plädoyer für Sams Kunst schien ihm überzogen. Aber so war sie eben, immer begeistert von den eigenen Ideen. Nicht willens, etwas davon zu relativieren.

Florian hatte starke Zweifel, dass Christine die richtige Person war, seinen Freund auf dem steinigen Weg in die Galerien zu begleiten.

»Sam braucht jemanden, der ihm kritische Feedbacks geben kann.«

»Er braucht ein Gegenüber, auch im Leben«, unterbrach ihn Yvonne. »Seine Einsamkeit greift einem ans Herz.«

»Er ist frei. Du kannst dich nicht in ihn hineinversetzen; er spürt gar nicht, dass er einsam ist.«

»Aber was ist das für eine Freiheit, wenn du immer wieder am Abgrund stehst. Es gibt Menschen, Flo, die leben mitten unter uns und man erkennt nicht, wie gefährdet sie sind.«

»Christine wird ihn nicht retten. Sie ist ihm nicht gewachsen.«

»Aber sie finanziert ihn«, sagte Yvonne. »Und sie tut es gerne. Eine perfekte Allianz!«

»Der Parasit und seine Wirtin ... Was für eine exquisite Umschreibung einer Liebesbeziehung. Ich kann mir gut vorstellen, dass eine Frau wie Christine es genießt, von einem urigen Kerl wie Sam durchgevögelt zu werden.«

Yvonne lachte und schnippte die Zigarette auf den Boden. Und sie lachte noch, als die Zigarette längst im Gully verschwunden war.

»Christine«, fuhr er fort, »hat sich die Scheidung von ihrem Banker mit einer satten Abfindung versüßen lassen. Sie hat jetzt keine größeren Sorgen mehr als die, ihre Libido zu unterhalten.«

»Christine ist von der elementaren Kraft seiner Bilder angezogen.«

»Von denen sie nichts versteht.«

»Muss man das, was man liebt, denn unbedingt verstehen? Christine ist eine lebenskluge Frau, das genügt.«

»Sie ist eifersüchtig auf Sams Vitalität, sie zapft ihm die Energie ab«, sagte er und verstand nicht, warum Yvonne so tat, als bestünde die Welt nur aus Menschen, die sich gegenseitig halfen und füreinander auf Dinge verzichteten. Yvonne sah in Sam nur den naiven, unverdorbenen Künstler, einen hilflosen Menschen, den man schützen musste. Schützen vor der bösen Welt, den hinterhältigen Kapitalisten und nicht zuletzt auch vor sich selbst. Man sehe, sagte sie, in Sams Bildern seine inneren Kämpfe, seine Ängste und die Gespenster, mit denen er ringe. Er, Florian, könne all das nicht zulassen, nicht zeigen. Im Grunde habe er Angst vor seinen eigenen Gefühlen.

So schnell konnte Yvonne von der Analyse in den Kampfmodus wechseln. Also fragte er zurück, warum eine solch empfindsame Seele mit einem Trockengeblüt wie Christine zusammen sei, deren Unterleib vermutlich der Wüste Sinai gleiche. Yvonne war über seine derbe Wortwahl empört. Sie sagte, er habe keine Ahnung von Herzensbindung.

Das war, im Rückblick, eigentlich schon der erste Satz zum langen Abschied gewesen.

Damals zog Sam mit einer Mappe von Galerie zu Galerie, obwohl man das schon längst nicht mehr tat. Ein scheuer Mann, der die Galeristen linkisch in ein Gespräch verwickelte, um ihnen zuletzt die Kladde mit den Fotografien seiner Bilder aufzunötigen. Doch eines Tages – Yvonne hatte vermittelt – kam die Galerie Wermelinger & Stenzel auf ihn zu, eine der ersten Adressen der Stadt. Wermelinger nahm Samuel Butt in sein Herbstprogramm auf, stellte aber unmissverständlich klar, dass er ihn sofort fallen lassen werde, sollte es mit dem Verkauf der Tierbilder nicht funktionieren.

Florian erinnerte sich, dass in dieser Zeit einmal nachts das Telefon geklingelt hatte. Yvonne hatte mit Sam geredet. Es ging ihm nicht gut. Beim Frühstück erzählte sie, dass er mit seinen Kräften am Ende sei. Er habe Aufputschmittel genommen und dann einen Zusammenbruch erlitten.

»Er nimmt die Ausstellung zu schwer«, sagte sie. »Er glaubt, das sei seine letzte Chance. Und er hat immer wieder den Drang, alles zu zerstören. Er arbeitet nur noch an einem großen Wandbild mit Hunden, zwei mal vier Meter, übermalt es aber immer wieder. Das zehrt ihn aus. Er ist der festen Überzeugung, das Bild sei zu harmlos.«

»Er wird Monster malen«, sagte Florian. »Die Gespenster in sich, die ihn heimsuchen.«

Wermelinger sandte Sam schließlich einen Entwurf für den Ausstellungstext, »Tiere sehen Menschen«. Yvonne gefiel der Titel überhaupt nicht. Und Wermelinger doppelte mit einem Katalogtext nach: »Die vielschichtigen Bilder Samuel Butts zeigen Zustände von Menschen, die am Rand ihrer selbst stehen; ein Bestiarium voller Emotionen, Verzweiflung und Abgründe, das auf verstörende und packende Weise von den Albträumen und Visionen unserer Zeit erzählt. Butts Farbauftrag ist von archaischer Kraft, sein Schaffen überschreitet die Grenzen des Sagbaren; seine Bilder führen in Neuland.«

»Tierbilder«, kommentierte Yvonne. »Der Rest ist aufgeblasene Prosa, auch wenn er im Kern recht hat.«

Als sie die Galerie am Tag der Vernissage betraten, hielt Wermelinger gerade eine kurze Ansprache. Er lobte Samuels Bilder mit denselben Sätzen, die auch im Katalog standen. Hauptsache, die Leute sahen nur das, was Wermelinger sah, dachte Florian.

Verblüfft standen Yvonne und Florian vor dem größten Bild, das ein Rudel Hunde zeigte, das über einen kleinen, schwächlichen Welpen herfiel.

»Vor diesem Bild«, kalauerte Florian, »ist unser Freund fast vor die Hunde gegangen.«

Die Hunde waren flächig gemalt, auslaufende Farbflächen, die einen weiten Assoziationsraum öffneten; Flecken oder Landschaften.

»Hunde ohne Ichkern«, sagte er. »Röntgenbilder seiner Innenwelt«, fügte er an, weil er Yvonnes Unwillen spürte.

Aber wo war eigentlich der Künstler?

Endlich stolperte Sam in die Galerie, himmelblauer Anzug, rosa Hemd und gelbe Sneakers, gefolgt vom Kunstkritiker Billinger.

Warum Billinger?

Billinger, der Kritiker der größten Tagezeitung, der ihn nie wirklich zur Kenntnis genommen hatte, und wenn, dann nur in abfälligen Nebenbemerkungen. Billinger hatte früh beschlossen, ihn nicht zu mögen. Das war für Samuel nicht folgenlos, denn Billinger konnte über Karrieren entscheiden. Zeigte sein Daumen nach oben, folgte Ausstellung auf Ausstellung in den großen Schweizer Museen, und, sofern sich die mit Billinger befreundeten anderen Großkritiker seinem Urteil anschlossen, Ausstellungen in ganz Europa, auch jenseits des Kanals, in der Tate Modern, oder gar jenseits des Atlantiks, im Guggenheim. Und schließlich kehrte der Künstler zur alljährlichen Kunstmesse in seine Heimatstadt zurück, vergoldet. Zeigte Billingers Daumen aber nach unten, war der Künstler für immer erledigt. Feudale Verhältnisse, mit denen sich alle arrangiert hatten, weil sich der Kunstmarkt so am besten manipulieren ließ.

Yvonne hätte dem widersprochen.

Nun also tänzelte Sam an der Seite von Billinger in die Galerie. Er schwitzte und roch nach Alkohol. Er ging mit

Billinger von Bild zu Bild, redete auf ihn ein, während der Kunstkritiker die Bilder nicht zu betrachten, sondern prüfend unter die Lupe zu nehmen schien, als müsste er sichergehen, dass es überhaupt Bilder waren. Zwischendurch lächelte er Sam zu. Das ging so eine Viertelstunde, in der das Publikum vergebens versuchte, an den Künstler heranzukommen. Minute um Minute stieg seine Aktie, ein befreundetes Paar, mit dem sich die Füsslis gerade unterhielten, sprach schon von der wichtigsten Ausstellung des Jahres. Yvonne verdrehte die Augen.

»Lieber einen Misserfolg hinnehmen, als so kriechen zu müssen«, sagte sie.

Florian beobachtete Sam in seinem seltsamen Kostüm, daneben der bäurische Billinger, wie immer in unförmigen Bluejeans, einem schmutzigen Hemd und Tennissocken. Plötzlich löste sich Billinger von Sam und eilte grußlos aus der Galerie.

Später im Restaurant klagte Sam sich an. Er sage immer das Falsche, sobald er den Mund aufmache.

»Selbst bei einer Körpergröße von eins zweiundneunzig«, sagte Florian, »muss man lernen zu kriechen.«

Tatsächlich stand am nächsten Tag ein bösartiger Verriss in der Zeitung. Billinger kritisierte die Bilder als monströse, neoexpressionistische Schmierereien. Schlimmer noch: Er sprach Samuel Butt die Fähigkeit ab, ein ernsthafter Künstler zu sein. Und er demütigte ihn, indem er zwischen den Zeilen auf seinen Alkoholkonsum und seinen unsteten Lebenswandel hinwies.

Es war furchtbar mitzuerleben, wie Sam in den folgenden Wochen in sich zusammensank. Keines seiner Bilder wurde verkauft, und Wermelinger ließ ihn fallen. Florian bedauerte seinen Freund, fühlte sich aber zugleich in seiner Weltsicht bestätigt: Jeder kämpfe eben gegen jeden. Was Yvonne natürlich nicht einsehen wollte. Ihre Beschwörungen hatten nichts geholfen. Samuel Butt gehörte nun endgültig zum Heer der übergangenen Künstler. Ein Hungerleider. Seinen Stolz verlor er darüber aber nicht: Nach einigen Wochen nahm er die Arbeit wieder auf.

Klaus Rambacher hatte Florian angerufen, weil er ihm etwas zeigen wollte. Nach dem Dienst begab sich Florian ins Anatomische Institut, einen Steinwurf von der Klinik entfernt. Er kannte Klaus seit Studienzeiten. Sie trafen sich alle paar Monate, um, wie Klaus sich ausdrückte, bei einer guten Flasche Wein den Leichen im Keller auf den Grund zu gehen. Klaus hatte lange Handball gespielt, bis ihn ein Bänderriss dem Sport, ja, jeglicher körperlichen Betätigung abschwören ließ. Inzwischen hatte er an Gewicht zugelegt, wie ein ausgewachsenes Organ wölbte sich sein Bauch über seinen breiten Füßen.

Die Leichenpräparationsabteilung war sein Imperium, hier hing immer ein süßlicher Geruch in der Luft. Sie liefen durch dunkle Gänge, passierten wortlos-flüsternde Ecken, wo im Halbdunkel leere Holzsärge lagerten, Behälter für die zu medizinischen Lehr- und Forschungszwecken freigegebenen Leichen. Hinter Rambachers breitem Rücken schlüpfte Florian in ein Kämmerchen, in dem sein Freund umständlich eine hölzerne Schublade aufzog und das knöcherne Demonstrationsmodell einer menschlichen Hand rausholte.

»Speckkäfer«, sagte Klaus. »Sie reinigen das Os capitatum bis zu den Ossa metacarpi und der Phalanx media sauber von Haut und Fleisch.«

Klaus hielt das zarte Gebilde hoch, dessen Gespinst

von Nerven- und Blutbahnen man sich lebhaft vorstellen konnte.

»Diese Finger sind schöner als ein Blumenstrauß«, sagte er und reichte Florian die Hand. Florian nickte.

Durch eine dicke Tür gelangten sie in einen Saal, der Florian jedes Mal an ein mittelalterliches anatomisches Theater erinnerte. Auf einem halben Dutzend Tische lagen Leichen, die von Studierenden mit Skalpellen aufgeschnitten wurden.

»Unser Ballsaal«, sagte Klaus. »Hier darf jeder mal ein Tänzchen wagen.«

Florian fühlte sich in seine Studienzeit zurückversetzt und schaute einer jungen Frau zu, die an einem Kiefer arbeitete. Er wollte ihr gerade einen Tipp geben, aber Klaus zog ihn weiter, vorbei an der Leichenparade zur Osttür des Saals. Sie betraten eine dunkle Kammer mit vier länglichen Metallbehältern. In jedem dieser Behälter lagerte eine in Formaldehyd eingelegte Leiche. Klaus schraubte einen Behälter auf und betätigte einen hydraulischen Hebel, sodass ein bläulicher Leib ans Licht gehoben wurde. Florian erkannte sie auf den ersten Blick und erschrak.

»Du hast mir von ihr erzählt«, sagte Klaus. »Als ich ihren Namen las, fiel es mir plötzlich ein. Deine Jugendliebe, oder?«

Florian trat näher heran und schluckte leer. Seine Hände fühlten sich eiskalt an. Er wäre gerne davongerannt.

Alma!

»Erkennst du sie wieder?«

Florian hätte schluchzen können, aber vor Klaus konnte er sich nicht gehen lassen. Almas Schädel war haarlos, ihre Brüste weich, sie schien zu schlafen.

Zehn Jahre nach der Szene in Gerdas Weinkeller war er

ihr zufällig wieder begegnet, auf dem Uniball. Sie tanzten den ganzen Abend miteinander, vergegenwärtigten sich den philosophischen Briefwechsel von damals, und er gestand ihr, dass er vollkommen verwirrt gewesen sei, als sie plötzlich nicht mehr die Marquise de Merteuil sein wollte, sondern Cécile. Das habe ihn überfordert, sagte er gut gelaunt, denn an diesem Abend schien seine angeborene Schüchternheit wie verflogen. Sie lachten, und er erzählte ihr von seiner Verklemmtheit im Weinkeller. Sie sagte, sie habe gespürt, wie erregt er gewesen sei, aber sie habe ihm nicht helfen können, sie sei selbst zu unsicher gewesen.

»Wir waren Jugendliche im vorpornografischen Zeitalter«, sagte Florian selbstsicher, und sie entgegnete, trotzdem seien junge Mädchen auch heute noch schüchtern. Als er sie um Mitternacht zu sich nach Hause einlud, schlug sie sein Angebot aus. Sie sei im Augenblick nicht frei, lebe zwar allein, sei aber innerlich noch gebunden. Also setzte er sie ins Taxi und verabschiedete sie mit einem Kuss auf die Stirn.

Aber das war nicht das Ende gewesen. Ein Jahr später waren sie sich wieder über den Weg gelaufen.

»Bauchspeicheldrüsenkrebs. Sie hat ihren Körper der Anatomie vermacht«, unterbrach Rambacher seine Gedanken.

Er betrachtete sie zärtlich, spürte seinem Begehren nach, das den Schrecken ihres Anblicks milderte, bis ihn das Gefühl einer tiefen Schuld erstarren ließ. Er hätte ihr noch vieles sagen wollen, er schuldete ihr mehr als nur einen Satz. Er hatte Alma geliebt. Nun hatte der Tod sie ihm weggebissen.

Als er ging, schien Alma zu lächeln, als hütete sie für immer ein Geheimnis. Das Geheimnis unerfüllbaren Begehrens.

Alma, die verpassten Chancen, die Verwerfungen, die Trennung von Yvonne. All das verfolgte ihn bis in seine Träume. Er sah sich selber als »Abbrecher«, ein Stümper, dessen einzige durchgehende Tätigkeit seine stille Narkosebegleitung war. Sam hatte sich die Wirbelsäule gebrochen. Und auch in seinem Leben gab es einen Bruch.

Er war mitten in der Nacht aufgewacht, weil er seinem Großvater begegnet war. Sein Großvater war Musiker gewesen und hatte, zum Ärger seines Sohnes, ein lockeres Leben geführt. Florian hatte ihn gern gehabt, und als er starb, hatte er übers Maß um ihn getrauert. Im Traum hatte sein Großvater keine Beine und steckte im Boden fest.

War es falsch, dass er noch immer im Haus seiner Eltern wohnte? Ein Teil des Mobiliars stammte aus Großvaters Zeiten. Der Ledersessel, in dem sein Großvater und sein Vater sich niedergelassen hatten, stand in der Bibliothek neben der Tiffany-Lampe, die schon seinem Vater Licht gespendet hatte. Auch die dicken, mit farbigen Rändern versehenen Weingläser in der Vitrine waren aus dem letzten Jahrhundert. Florian hätte mit geschlossenen Augen auf jede Fußbodenritze und jede Verfärbung im Eichenparkett zeigen können. Einen Teil der Bücher seines Vaters hatte er entsorgt und durch eigene ersetzt. Die medizinische Fachliteratur war in den letzten Jahren nicht nur durch den rasanten Fortschritt der Forschung überholt worden, sondern auch durch das Internet, diesen luftigen Friedhof des Wissens, der Lügen und Wahrheiten gleichrangig aufnahm. Florian hatte sich eine kleine Bibliothek mit seinen Lieblingen zusammengestellt: die Griechen, eine mittelalterliche Medizingeschichte, dazu einige Gedichtbände. Er liebte es, an den im Halbdunkel liegenden Bücherrücken entlangzustreifen, blind ein Buch herauszuziehen und im zerschrammten Ledersessel darin zu blättern. Als Jugendlicher hatte ihn diese Umgebung beinahe erstickt. Heute gab sie ihm Halt in einer Welt, die immer unordentlicher wurde.

Nach einem Gallenstein und einer Ellbogenfraktur machte er sich am späten Nachmittag auf den Weg zu seinem Freund. Sollte er ihm von Almas Tod erzählen? Würde ihn die Nachricht nicht noch mehr herunterziehen? Was war Sam zumutbar?

Jede Freundschaft, fand er, hat ihre eigenen Gesetze. Grichting beispielsweise unterhielt mit Chefarzt Lutz eine Freundschaft, die durch und durch strategisch war. Grichting und Lutz kletterten zusammen auf Dreitausender, unternahmen Reisen nach Vietnam und Kambodscha und ließen ihre Gattinnen zu Hause in der Gloriole ihres Männerbündnisses schmoren. Und das alles nur zur Absicherung ihrer Positionen in der Klinik. Sie pflegten eine kräftige Männerfreundschaft, bei der Geben und Nehmen in einem überaus gesunden Verhältnis zueinander standen.

Nicht so bei Sam und ihm; vordergründig hatte es nie etwas gegeben, von dem er hätte profitieren können. Ihre Gemeinsamkeiten musste man mit der Lupe suchen, aber es gab starke Bande zwischen ihnen, schon immer. Und Neugierde auf das Leben des anderen. Sam war ein Sonderling, der in keine Schublade passte. Wegen seines Teints hielten ihn viele für einen Ausländer, in der Regel kümmerte er sich nicht weiter darum. Florian hatte das immer bewundert und nicht weiter darüber nachgedacht. Vielleicht waren es die Gene seines unbekannten Vaters – ein Seemann, ein Häuptling, ein Wüstenwanderer? –, die Sam stark gemacht hatten. So stark, dass er auch den Wirbelsäulenschaden überstehen würde.

Als Florian die Rehabklinik betrat, kam ihm Barbara aufgeregt entgegen. Er sah sofort, dass es mit Sam zu tun hatte. Pfleger eilten an ihnen vorbei und murmelten in ihre Handys. Einer schüttelte den Kopf.

»Samuel ist verschwunden«, sagte Barbara, und Florian fuhr der Satz wie eine Faust in den Bauch. Ihm war, als hätte er diesen Satz schon lange erwartet.

»Seit wann ist er weg?«

»Das letzte Mal gesehen wurde er gestern Abend, als er aus dem Kreativraum kam. Ich weiß nicht, ob er schon nachts weg war. Ich kann nur hoffen, dass er nicht ...«

Barbara hielt inne, und das war schlimmer, als wenn sie ihre Befürchtungen ausgesprochen hätte.

Florian eilte auf Sams Zimmer, das penibel aufgeräumt war. Er nahm sein Skizzenheft zur Hand: Wolkenstudien, Wolken in allen möglichen Formen und Farben. Gut, die Wolkenzeichnerei war naheliegend, schließlich sah Sam kaum etwas anderes durch die Deckenöffnung als den Himmel.

Hatte er sich endgültig durch das Himmelsloch davongemacht? Lag er seit Stunden tot in einem Graben? Gestorben an einer Überdosis entwendeter Medikamente. Florian überlegte, die Notfallstationen der umliegenden

Kliniken anzurufen. War die Polizei schon benachrichtigt worden?

Wie viel ist ein Leben wert, wenn man es nicht mehr leben kann? Samuel war weder depressiv veranlagt, noch litt er an Wahnvorstellungen. Aber er war so vernarrt in die Freiheit, dass er sich vielleicht aus der Halbexistenz verabschiedet hatte.

Mechanisch blätterte Florian weiter. Aus Wolken wurden Tiere: Ponys, Hühner und Hähne, Ziegen, Schweinchen und Meerschweinchen mit Menschengesichtern. Auf dem letzten Blatt waren ein schwarzer und ein weißer Hase zu sehen. Sie schauten einander an, direkt ins Gesicht.

Warum Menschengesichter? Sah man genauer hin, entdeckte man, dass der schwarze Hase dem weißen zulächelte. Und der weiße Hase lächelte zurück.

Florian eilte hinaus zum Tiergehege. Auf dem Weg bat er einen Pfleger, ihn zu begleiten. Der Pfleger öffnete das Gatter, und bereits nach wenigen Sekunden entdeckten sie ihn. Sam lag im Hasenstroh, das Gesicht nach unten. Der Rollstuhl stand in der Ecke, die Hasen hoppelten friedlich um ihn herum. Florian kniete sich hin und drehte ihn um. Sams Atem ging ruhig und regelmäßig.

Er schlug die Augen auf.

»Was machst du hier?«, fragte Florian.

Mühsam setzte Sam sich auf und suchte etwas im Stroh, seine Finger glitten über den Boden. Schließlich zog er ein großes Blatt Papier hervor.

Die Tiere sind wir, stand da in schraffierten Buchstaben.

»Eine Kunstaktion?«, fragte Florian.

Sam nickte und grinste.

War das ironisch gemeint?

»Bin eingeschlafen, nachdem ich einen Joint geraucht hatte. Heftiges Zeug von Rémy, ist mir gewaltig in die Glieder gefahren. In meinem Kopf hat sich alles gedreht, meine Beine hat es aber leider nicht belebt. Als die Wirkung nachließ, war es schon Nacht. Wie spät ist es denn?«

»Eine Kunstaktion, sagst du. Wie Beuys mit dem Wolf?«

»Ungefähr so, Flo, ungefähr so.«

Am nächsten Morgen hing eine lachende Sonne im Himmelsloch, und Sam sah eine Cirrocumulus, ein federleichtes Gebilde, wie auf den Bildern von Constable. Die Wolken hatten Gesichter und Körper, und wenn er kurz wegschaute, hatten sie schon ihre Gestalt gewechselt. Gerne wäre er eine Wolke gewesen. Nicht nur der Leichtigkeit wegen, sondern auch, um in wechselnder Form durchs Leben gehen zu können. Einige Maler hatten versucht, Wolkenformen zu fixieren, so wie man Gedanken oder Töne auf dem Papier fixierte. Aber eigentlich war das unmöglich.

»Wolken sind wie Blumen«, sagte Barbara, als sie zum morgendlichen Waschritual eintraf. »Sie welken an der Luft.«

Sie fuhr mit einem feuchten Lappen über seinen Rücken und wischte ihm mit einer kräftigen Bewegung übers Gesicht. Er protestierte. Nun wurde sie weicher, fast zärtlich, was ihn wehrlos machte. Dann knetete sie ihm auch noch die Füße, fast hätte er zu weinen begonnen.

Doch dann schimpfte sie über seine Kunstaktion. War ihm das letztlich nicht sympathisch? Eine alles Ungemach wegflötende Pflegenymphe hätte ihn gelangweilt. Barbara war unverfälscht, wie raues Wetter an der Ostsee.

»Wie kann man nur so einen Mist bauen?« Sie schüttelte den Kopf. »So, nun sollten Sie sich aber mal mobil machen.«

Sie half ihm in den Rollstuhl. Jetzt war er der Mann im Rollstuhl, der Hüne, der in eine Bar kurven und ein Bier bestellen konnte, der am Gemüsestand Auberginen abwog. Man musste nicht vor ihm in die Knie gehen, man musste sich ihm nur ein wenig zuneigen. Die Hilfsbereitschaft der Leute, ja, die überraschte ihn; einige lächelten ihm ohne Anlass zu. Andere packten kurzerhand die Griffe seines Rollstuhls und schoben ihn wortlos über den Zebrastreifen.

Hand aufs Herz ... Wie würde er als Untergebener reagieren, wenn ihm in der Chefetage der CEO als Krüppel entgegengefahren käme? Was, wenn der Lehrer im Rollstuhl vor der Klasse aufkreuzte? Oder der Mörder im Sonntagabendkrimi ein Paraplegiker wäre? Hitler im Rollstuhl? Es reichte eine Behinderung, und man verlor die Macht, jemandem Angst einjagen zu können. Aber rund ein Viertel der Menschen, denen er auf seinem Weg in die Stadt begegnete, war nicht »normal«. Sie gehörten einer Minderheit an, hatten eine Migrationsgeschichte, eine andere Religion, eine schlechte Zahnstellung oder eine Flasche Schnaps am Mund. Sie alle hatten ein Handicap, gehörten nicht zur gesellschaftlichen Mitte und konnten das runde, volle Lebensprogramm nicht stemmen.

Gebrechen waren demokratisch, sie konnten jeden treffen. Neuerdings zeigte die Gesellschaft sich von ihrer gebrechenssensiblen Seite.

Hinter der Frage nach den Handicaps verbarg sich natürlich diejenige nach der Gerechtigkeit. Alle träumten davon, dass es weniger Ungerechtigkeit gab. Make the world a better place! Konnte man, wenn einem Unrecht angetan wurde, noch glücklich sein? Wie hingen Unglück und Ungerechtigkeit zusammen? Neid war das Bindeglied. War er neidisch auf die anderen? Natürlich. Aber musste er deswegen auch unglücklich sein?

Es waren seine Wünsche, die ihn unglücklich machten. Der Mensch hing am Gängelband seiner Wünsche. Hätte er weniger Wünsche, wäre er auch weniger unglücklich.

»Wer die Tiefe des Lebens erfahren will, der muss ein Handicap haben«, sagte Barbara. »Wer nicht lernt, Verluste in sein Leben zu integrieren, versteht das Leben nicht«.

War das Kitsch oder doch ein Goethe-Zitat? Er hatte mal gelesen, dass die Ostdeutschen ein besonders enges Verhältnis zu den Klassikern hätten.

»Ich habe keine Lust, mich jeden Tag abzumühen, nur damit ich am Schluss eine Haselnuss knacken oder mit dem Hintern wackeln kann. Ich zeichne! Mehr muss ich nicht können.«

»Sie wollen einfach nicht raus aus dem Körbchen.«

»Nennen Sie mir einen Paraplegiker, der Stepptänzer geworden wäre?«

Barbara zerkaute ihre schönen Lippen.

»Zeigen Sie mir, was sie gezeichnet haben. Sie waren doch oft im Kreativraum in den letzten Tagen ...«

Unwillig reichte er ihr sein Heft.

»Eine Zehe, warum das?«

»Nichts ist weiter von mir entfernt. Die Zehe ist mein Südpol. Aber sie lebt nicht mehr. Ich empfinde die Zehe als das Menschlichste an mir. Ist Ihnen denn nicht aufgefallen, dass die Zehe den Menschen vom Tier unterscheidet? Die Menschenaffen haben andere Zehen, weil sie sich damit festhalten müssen. Dem Menschen steigt alles in den Kopf, aber seine Zehe bleibt im Dreck stecken.«

»In meiner Kindheit sagte man, deine Hände sind so schmutzig wie Füße. Das war so eine Redensart bei den Bauern.«

»In China darf der Mann die nackten Füße seiner Frau nicht sehen«, sagte Samuel und bereute seine Worte sofort.

Barbara reagierte nicht.

»Aber warum schneiden die Schwestern von Aschenputtel sich die Fersen und nicht die Zehe ab? Das habe ich mich immer gefragt.«

»Wir nehmen unsere Füße nicht gern zur Kenntnis«, fuhr Samuel verunsichert fort. »Dabei stehen wir auf ihnen. Über Zahnschmerzen jammern wir, aber wenn jemand Hühneraugen hat, lachen wir ihn aus.«

»Ich wollte als Kind Balletttänzerin werden«, sagte Barbara. »Aber dann hab ich gelesen, was die alles auf ihren Zehen machen müssen und hab's gelassen.«

Samuel konnte nicht anders, als sich Barbara als Tänzerin vorzustellen.

»Zehen sind individuell verschieden, deswegen interessieren sie mich beim Zeichnen. Meine große Zehe hat etwas Morbides. Leider trage ich mit meiner gelähmten Körperhälfte eine halbe Leiche mit mir herum.«

»Statt ihre große Zehe zu zeichnen, sollten Sie besser Physio machen! Und sich vor allem nicht bei den Hasen vergraben.«

»Ich zeichne etwas, damit es sichtbar wird«, sagte Samuel. »Sie haben wunderbare Zehen. Aber meine Zehe ist ein totes Teil. Eine Zehe zu zeichnen ist nicht einfach; man muss die Furchen und Schrunden, die Vertiefungen und die schattigen Stellen aufs Papier bringen.«

Samuel erwartete, dass sie jetzt seine Zeichnung loben würde. Aber sie reinigte das Bettgestänge, bis sich ein Stück Himmel darin spiegelte.

Womit konnte er sie denn sonst beeindrucken?

»Das Zeichenblatt ist der zollfreie Umschlagplatz meiner künstlerischen Ideen«, sagte er etwas hochgestochen. »Ich habe ein ganzes Depot von Ideen angelegt. Auf Reisen. Das meiste ist jetzt bei Dr. Füssli zu Hause.«

»Und warum nicht in einer Galerie oder einem Museum?«

»Ich arbeite nicht mehr für den Markt. Jahrelang hat mich interessiert, was ein Körper ist, warum er einen anzieht, warum der Körper im Raum immer im Austausch mit anderen ist. Solche Forschungen passen nicht in eine Galerie. Oder es müsste einer kommen, den das auch interessiert.«

»Der wird kommen«, sagte sie nachdrücklich.

»Seit ich hier bin, interessiert mich, wie Körper sterben. Ich habe noch nie so viele kranke Menschen gesehen.«

»Die Kranken gehören zu dieser Welt.«

»Ich finde die Unterscheidung zwischen gesund und krank selber krank. Am meisten zieht mich die Schönheit an, auch in meiner Kunst. Mir geht es um die ursprüngliche Schönheit der Dinge. Neulich habe ich eine Niere gezeichnet und fand sie wirklich schön. Früher habe ich versucht, Bewegung zu zeichnen, zum Beispiel Wellen auf einem See. Aber viel zu lange habe ich nur Striche aufs Papier gesetzt, ohne jedes Gefühl. Nur, ohne Gefühl sehen wir nichts. Und da kommt dann die Schönheit ins Spiel. Wenn wir etwas empfinden für einen Gegenstand, dann finden wir ihn auch schön.«

»Ich versuche, Sie zu verstehen, Herr Butt. Ich kenne niemanden, der sich nicht bemüht, seine Lage zu verbessern. Wir wollen doch alle Fortschritte machen. Aber Sie scheinen zufrieden mit dem, was Sie haben.«

Dann schwieg sie und schob ihn ins Freie, hinaus in die süße Luft, die nach Birnen und Honig duftete. Alles war Erinnerung, nur noch Erinnerung, und das nahm Samuel einen Moment lang den Atem. Als er weinte, umarmte ihn Barbara. Er weinte, weil er sein altes Leben verloren hatte.

Es war, als hätte man ihn in ein fremdes Land umgesiedelt, wo er alles neu lernen musste. In das Land der Behinderten. Einmal dort, kam man schwerlich wieder raus. Manchmal setzten Normalos einen Fuß dorthin, aber nur um klarzumachen, dass sie nicht dazugehörten. Und seit er gelähmt war, gehörte er definitiv nicht mehr zur Mehrheitsgesellschaft.

Oft zog er sich in den Kreativraum zurück, der ihm anfänglich wie eine Karikatur seines Ateliers vorgekommen war. Auf einer seiner Zeichnungen schwebte sein Körper wie ein Brett über dem Nachttisch, eineinhalb Meter über dem Boden, schaukelnd unter dem Himmelsloch. Auf einer anderen zog er als gefaltetes Tuch durch die blaue Öffnung in die große Freiheit. Auf wieder einer anderen verlor er seine Konturen wie eine zerfasernde Wolke, zog sich mal dahin und mal dorthin, rollte sich aus wie Blätterteig oder schnurrte zusammen wie das Gummiband, das ihm die pflichtbewusste Barbara unter den Fuß geklemmt hatte. Seine Körpervorstellungen entglitten ins Surreale.

Kritisch begutachtete er seine Arbeiten und wünschte sich klare Körperkonturen zurück. Eines Morgens legte ihm Barbara ein Buch über Achtsamkeit hin. Bei einer der Übungen, Bodyscan genannt, lerne man, seinen Körper zu imaginieren. Man sende seinen Geist in die große Zehe, verweile bei einem Schenkel oder Arm und konturiere seinen

Körperumriss. Barbara sagte, sie habe mit diesen Übungen begonnen, und nachher fühle sie sich wie neu geboren.

»Neu geboren«, lachte er.

Er zeichnete lieber sein inneres Körperbild. Sang lieber sein Wirbelsäulenlied.

Am ehesten klärten sich seine Konturen, wenn Barbara ihn wusch. Mittlerweile hätte er die Körperhygiene selbst erledigen können, aber es gab eine stille Übereinkunft zwischen ihnen, dass sie ihm weiter das Gesicht und den Rücken wusch. Dabei wurde sie lockerer, machte Witze, und erzählte Anekdoten aus ihrer Kindheit in der DDR. Er kramte die Episode mit der Baumhütte hervor, wo er gern mit ihr gewesen wäre.

Dann setzte sie sich für eine Woche nach Dakar ab und wurde durch eine Heidi ersetzt. Heidi schrubbte ihn wie ein Rind und zerrte an seinen Schienbeinen wie an Wasserrohren. Machte sie den Mund auf, dann auf Berndeutsch, ein Dialekt, in dem auch stramme Befehle gemütlich klangen. Er solle das Gesicht nicht so verziehen, als würde sie ihm weh tun, das nehme sie ihm nicht ab. Sie wisse, dass er frustriert sei, dass er jammere, um seiner Umgebung Schuldgefühle zu machen. Das sei bei allen so, sagte sie, irgendwann kriegten alle den Cafard und würden es am Personal auslassen.

»Cafard«, ein Wort wie eine heraushängende Zunge.

Es sei bei ihm wie mit einem Gutshaus, sagte er. Große Teile, die Seitenflügel, der Wohntrakt, die Ställe seien stillgelegt. Bewohnt werde nur noch ein kleiner Teil in der Mitte, wo das Hirn aus einem trüben Fenster gucke und sich frage, wann die Glocken der Kapelle gegenüber zu läuten begännen.

Heidi schaute ihn konsterniert an und sagte dann, alles hänge von seiner Disziplin ab, davon, ob er sich mit seinem neuen Körper anfreunden könne. Sie sehe bei ihm null Disziplin. Es sei an der Zeit, dass er sich selber wasche, er benehme sich ja wie ein dummer Gieuu. Andere Patienten lernten so schnell, dass man fast von einem Wunder sprechen könne.

Er hatte kein Verlangen nach Wundern. Noch nicht.

Man müsse nicht an Wunder glauben, sagte der Seelsorger, der an einem der nächsten Nachmittage an seine Tür klopfte. Ernesto Frey, von Heidi geschickt, kam offenbar mit seiner Körpergröße nicht gut zurecht. Er ließ die Schultern hängen und streckte ihm mit einem seltsam schiefen Lächeln die Hand entgegen. Samuel spürte sofort, dass es ein Gespräch auf Augenhöhe werden konnte.

Allerdings dürfe man das Wunder nicht aus dem Leben verbannen, ergänzte Frey und versuchte, seinen Körper auf einem Stuhl zu ordnen. Neugierig warf er einen Blick auf das aufgeschlagene Zeichenheft. Er begutachtete den in der Luft schwebenden Blumentopf, unter dem das Wort ego stand, ließ sich aber zu keinem Kommentar hinreißen.

Beiläufig sagte er dann, dass er sich lange genug mit Religionen auseinandergesetzt habe, um zu ahnen, dass Körperfeindlichkeit eine Voraussetzung für den Wunderglauben sei. Wo man mit dem Körper keine Rekordmarken knacken könne, hoffe man auf Höheres. Metaphysik sei sublimierte Gewalt.

In Freys Gesicht zuckte ein Muskel, und Samuel wusste nicht, ob es der Versuch war, das Gesagte ironisch zu kommentieren, oder nur ein nervöser Tick.

Dabei komme ihm die Bibel fast noch brachialer vor als der gegenwärtig so populäre Buddhismus.

Samuel erwartete, dass Frey ihn nun nach seinem Glauben fragen würde, seinem letzten Kirchenbesuch, kurz, nach seiner Beziehung zu Gott. Er glaubte nicht an ihn, das würde er sofort klarstellen. Aber der Mann war interessant und brachte Abwechslung in seinen langen Nachmittag.

»Kennst du Buddha?«

Samuel, mehr über das Duzen als über den Inhalt der Frage verblüfft, schüttelte den Kopf.

»›Buddha‹ bedeutet so viel wie ›der Erwachte‹. Buddha ist weder männlich noch weiblich, er ist beides und oft zugleich. Aber warum erzähle ich das jemandem, der kein Mann mehr ist?«

Das saß.

»Darf ich?«, fragte Ernesto und riss ein Blatt aus Samuels Zeichenheft. Er skizzierte einen Mann, der im Schneidersitz mit geschlossenen Augen und nach innen gekehrtem Gesichtsausdruck dasaß. Samuel erkannte die Figur sofort, Buddha, so bekannt wie die drei Streifen von Adidas. Aber Ernesto war schon bei der nächsten Skizze. Samuel fand, dass er miserabel zeichnete, so schlecht wie die meisten Leute. Der zweite Buddha war ein sitzendes Kind, dessen Grinsen bei geschlossenen Augen nach innen ging. Und noch einen dritten Buddha zeichnete er, einen dicken Kerl, der übers ganze Gesicht strahlte und einem direkt in die Augen schaute.

»Bist du hier, um Zeichenunterricht zu nehmen?«, fragte Samuel.

Ernestos Mundwinkel lachten wieder, als er sagte: »So viele verschiedene Körper, und nur ein Gedanke dahinter, eine Idee, Samuel. So sind alle Religionen. Auch Christus erscheint in immer wieder anderem Körper.«

»Das ist mir zu metaphysisch«, sagte Samuel. »Aber könnte ich in einem anderen Körper in die Kantine fahren, wäre mir geholfen. Hätte ich einen anderen Körper, würde Heidi mich nicht wie einen Idioten behandeln.«

Aber schon als er es sagte, spürte er, dass er Ernesto falsch verstanden hatte.

»Lass mich dir Folgendes erzählen: Mit neunundzwanzig Jahren begegnete Buddha den Leiden des Menschen. Die Legende sagt, dass er einen verkrüppelten Greis, einen Fieberkranken, einen verwesenden Leichnam und einen Asketen traf, also Alter, Krankheit, Tod und Schmerz. Nach diesen Begegnungen war Buddha unbehaust und zog los, hinaus in die Welt.«

»Nicht schlecht. Aber wohin sollte ich im Rollstuhl unterwegs sein?«

Samuel fühlte sich elend und sah wieder seine Anfänge als Rollstuhlfahrer vor sich. Wie peinlich es gewesen war, als er den Rollstuhl an die Wand geknallt hatte. Oder als er hintüber gekippt war. Wie gottverdammt hilflos er sich gefühlt hatte, als die erste Schwelle vor ihm aufgetaucht war. Wie man ihn angeglotzt hatte, als er das erste Mal in die Stadt gerollt war.

»Ich passe doch nirgends hin. Stell dir vor, ich fahre mit dem Rollstuhl in eine Disco! Lang, wie ich bin. Ich bin immer schon aufgefallen.«

»Lass mich dir eine andere Geschichte erzählen. Eine Geschichte übers Angepasst- oder Nichtangepasstsein. Sie handelt von einem Riesen in der griechischen Mythologie, von Prokrustes. Der bot allen, die vorbeikamen, ein Bett an. Doch wenn sie zu groß für das Bett waren, hackte er ihnen kurzerhand die Füße ab. Und wenn sie zu klein waren, legte er sie auf einen Amboss und hämmerte sie in die Länge.«

»Der Riese Prokrustes ist die Gesellschaft, nicht wahr?«

»Du selbst bist dieser Riese«, sagte Ernesto.

Samuel hatte Freude an diesem Gespräch. Er folgte Ernesto Satz für Satz wie auf einem Weg durch den Wald, ohne dass sich Ernesto nach ihm umgewandt oder sich nach seinem Zustand erkundigt hätte.

»In den Märchen leben die Riesen nach anderen Regeln als die Normalwüchsigen. Hast du dir nicht auch eigene Lebensregeln gegeben, als Künstler?«

»Jetzt bringst du aber einiges durcheinander. Ich kann ja nicht dieser Prokrustes sein und zugleich sein Opfer.«

Ernesto erhob sich, und sein langes schwarzes Gewand fiel wie ein Vorhang auf seine schwarz glänzenden Schuhe.

»Ich muss eine rauchen. Kommst du mit?«

Also gingen sie, nein, wandelten sie, zwei groß gewachsene Männer mittleren Alters durch die Schar der Rollstuhlgänger, vorbei an Besucherinnen in Leggings, vorbei an der Kantine mit den Essenden, hinaus in den Vorhof, wo Ernesto ihn vor dem Tiergehege abstellte.

»Es ist kein Widerspruch, dass man immer auch das Gegenteil von sich selber ist. Das ist Dialektik, Samuel. Du bist ein mächtiger Riese und zugleich ein Kind, wenn ich das so sagen darf.«

Er durfte, fand Samuel, der sich dafür entschieden hatte, Ernesto zuzuhören, der anscheinend nicht gekommen war, um ihn von irgendetwas zu überzeugen.

»Manchmal bete ich darum, sterben zu dürfen«, sagte Samuel. »Ich sitze am Straßenrand und könnte mich vor einen Bus werfen. Ich habe dieses halbe Leben satt.«

»Du willst deinen Körper verlassen? Ich kenne diesen Wunsch; ich möchte dann in ein neues Leben übertreten. Aber ich bin mir nicht sicher, was mich da erwartet.«

Ernesto zündete sich eine Zigarette an und streckte Samuel das Päckchen hin. Dieser ahnte, dass Ernesto nicht immer Theologe gewesen war.

»Aber als Gottesmann müsstest du wissen, wie es drüben aussieht«, sagte Samuel.

»Man sollte sich als Geistlicher nie für allwissend halten. Dass ich mir mit Buddha und der Bibel ein Jenseits vorstellen kann, heißt noch nicht, dass es auch so aussieht, wie ich es mir vorstelle. Beziehungsweise dass es ein Jenseits überhaupt gibt. Und wenn doch, dann könnte ich es nicht mit meinem Bewusstsein erkennen.«

»Aber man kündigt das Abo, wenn man genug hat«, beharrte Samuel. »Und manchmal habe ich einfach genug. Mir ist meine Freiheit geklaut worden, ich kann buchstäblich keinen Schritt machen, ohne die Hilfe anderer.«

»So schnell wirst du dich nicht los, auch nicht im Jenseits«, sagte Ernesto. »Und was sollen all die anderen sagen, die nicht das volle Lebensprogramm abrufen können? Wer nicht mit einer Lebensbehinderung umgehen kann, der hat mit dem Leben noch gar nicht begonnen. Leben heißt Behindertsein.«

Ernesto stand jetzt kerzengerade neben ihm und sog nachdenklich an seiner erloschenen Zigarette. Was hatte er erlebt, dass er solche Sätze formulierte?

»Wieso kommst du mir nicht mit den üblichen Durchhalteparolen?«, fragte Samuel. »Wieso erzählst du mir nichts vom Sieg über mein Leiden, nichts von den Anstrengungen, die ich unternehmen soll, um doch noch nützlich zu erscheinen. Sicher kennst du alle diese Filme und Bücher, in denen es um irgendein Handicap geht. Wie auch immer die Behinderten da drauf sind, am Schluss schaffen sie es mit Ach und Krach, sich damit zu arrangieren. Ihr höchstes Lebensziel ist es dann, an den Paralympics teilzunehmen.«

»Das ist die übliche Krüppelanthropologie, brutal gesagt. Der Mensch als Tier, das vorankommen muss, selbst wenn es behindert ist. Vielleicht kennst du die Memoiren von Carl Herrmann Unthan, der armlos mit seinen Füßen so virtuos Geige spielen konnte, dass er damit die ganze Welt bereiste. Wie hat er es noch gleich gesagt? ›Ich fühle mich dem Vollmenschen gegenüber in nichts verkürzt.‹«

Ernesto hielt inne, aber Samuel schwieg.

»Um mehr Lebensfreude zu haben, musste sich Unthan ein totales Melancholieverbot auferlegen. Nein, Samuel, ich bin nicht hier, um dich aufzuheitern«, sagte Ernesto, als würde er zu jemand anderem sprechen. »Ich gehöre nicht zu jenen Vertretern meiner Zunft, die andere von ihrem Glauben überzeugen wollen. Ich höre dir zu. Und was ich höre, erzählt mir etwas über deine Einsamkeit, deine Verzweiflung.«

Samuel schluckte. Noch nie hatte er sich so verstanden gefühlt. Und er stellte ihm folgende Frage: »Wie viel Optionen muss man haben, um das Leben noch lebenswert zu finden?«

Ernesto schwieg.

Es war das tiefste Schweigen seit seinem Sturz.

»Ich kann dir keine Antwort geben, weil einzig die Antwort zählt, die du dir selber gibst«, sagte Ernesto schließlich.

Dann ging er weg, die Hand zum Gruß erhoben. Sein

langer Mantel schleifte über den trockenen Boden, seine Gestalt verschwamm in der Luft, mehr Phantasma denn Mensch. Doch plötzlich blieb er stehen und drehte sich um.

»Es ist sehr einfach, Dinge zu tun, die man mag«, sagte er. »Doch die bringen einen nicht weiter. Man wählt immer dieselben Muster, dasselbe System. Wenn man aber Dinge tut, die einen ängstigen, ist das eine große Chance zu wirklicher Veränderung. Dieser Satz der Künstlerin Marina Abramović ist mir die ganze Zeit durch den Kopf gegangen: Tu das, was dir Angst macht. Setz dich aufs Spiel, Sam, dann kommst du weiter. Mit oder ohne Rollstuhl.«

Samuel wurde flau im Magen.

»Leb auf der Kante, Samuel, dann wirst du das Leben spüren. Seine elementare Gewalt muss dich erschüttern! Nur Krüppel werden überleben«, sagte Ernesto und ging.

Samuel empfand Angst. Nackte Angst. Vielleicht war es ein Zipfel jener Angst, die es laut Ernesto brauchte.

Nun saß er hier allein vor seinen Schweinchen, Pferdchen und all den anderen Tieren. Und die taten nicht viel mehr als kauen, da sein und schlafen. Und je länger er bei ihnen saß, desto mehr fühlte er sich befreit von der Last des Daseins.

»Was ist los mit Ihnen?«, hörte er Barbara fragen, die leise hinter ihn getreten war. Sie legte ihm die Hand auf die Schulter.

»Ernesto Frey hat mich besucht.«

»Aha«, rief sie aus. »Das war Schwester Heidi, nicht wahr? Ich lade Sie zur Erholung zu Kaffee und Kuchen ein, ich habe Lust auf was Europäisches.«

»Schön, dass Sie wieder da sind«, sagte Samuel.

Am Abend kamen ihm die Worte von Ernesto wieder in

den Sinn, und er fühlte sich noch unbehauster. Er saß lange unter dem Himmelsloch, und durchs andere Fenster sah er die verblassenden Farben. Das Wetter hatte umgeschlagen, es regnete und windete, bald würde es kalt und dunkel werden, keine gute Jahreszeit, wenn man der eigenen Vergangenheit entfliehen musste.

Nebelbänke schoben sich wie eine Vorahnung über die Landschaft, das Meer rückte immer weiter weg und die Halbinsel Peniche, an die er einmal am Tag dachte, war so weit entfernt wie seine große Zehe. Trotzdem saß er auch an diesem Abend auf einem Felsen an der Küste, spürte den warmen Wind um seine Ohren und wartete auf den Sonnenuntergang.

In ein paar Wochen würde Florian zu einem Kongress des UNHCR nach Genf fahren. Das Thema seines Vortrags hatte er im Kopf: »Sternstunden der Anästhesie«. Sein letztes Referat hatte er in Sarajewo gehalten. Diesmal wollte er grundsätzlicher über die Wurzeln der Medizin sprechen, und auch den Nutzen der Anästhesie in Erinnerung rufen: Schmerzbekämpfung und Heilung.

Er streifte seine Bücherwand entlang und nahm ein Buch zur Hand, das Rambacher ihm geschenkt hatte. Er blätterte durch die historischen Abbildungen, denen die Sentenz eines Philosophen vorangestellt war: »Il n'y a pas d'images du corps sans l'imagination de son ouverture.« Daneben das Gemälde einer Autopsie im Frühmittelalter: Eine Schar junger Männer umringte einen Arzt, der eine weibliche Leiche vom Kragen her aufschnitt, während sein Gehilfe ein weißliches Knäuel in ihrem Bauch löste, wahrscheinlich ihre Gedärme. Die Szene hatte etwas Andächtiges. Nicht zu vergleichen mit der Stimmung, die heute im OP herrschte, wo es oft wie in einer Autowerkstatt zuging.

Die nächste Seite zeigte *Leçon de l'anatomie à l'usage des artistes* von einem gewissen Boucoiran: die liegende, sehr lebendig aussehende Leiche eines jungen Mannes, anhand derer ein Arzt seinen Studenten den Sitz der Organe erklärte. Eine interessante Darstellung aus dem Mittelalter, denn Boucoiran hatte sich nicht gescheut offenzulegen, mit welcher Lust hier mit Schere und Skalpell in den Körper eingedrungen wurde. Florian gefiel auch die Abbildung der *Venus der Mediziner* von einem Susini aus der Mitte des neunzehnten Jahrhunderts: ein aus hautfarbenem Wachs gebildetes Modell einer jungen Frau, einer täuschend echt wirkenden Frau mit schwarzem Schamhaar und einem Perlenhalsband. Nahm man die Venus auseinander, sah man Herz und Gebärmutter, den Sitz der geheimnisvollen und gefürchteten Weiblichkeit. Legte der Studiosus seine Hände an die Brüste und zog sie hoch, konnte er sie komplett abheben und erblickte die Rippen, die faserige Struktur der Muskeln, bewundernswert präzis geformt.

Gab es diesen Wissensdurst bezüglich des menschlichen Körpers noch immer? War der Fortschritt der Medizin, trotz aller Rückfälle, nicht immer noch der beste Teil der Wissenschaft? Wann hatte er aufgehört, auf seinen Beruf neugierig zu sein? Wie lange schon war er bloß ein nützlicher Idiot der Gesundheitsindustrie der wohlhabenden Bevölkerung?

Er holte Sams Hefte aus dem Rucksack. Die in Rom entstandenen Zeichnungen waren hauptsächlich düstere Kohlestudien auf Packpapier. Männer und Frauen, miteinander tanzend, ineinander verkeilt. Sexuelle Wesen. Einer Figur fehlte der Arm, einer anderen die Hand. Auf einem Blatt traten einer Figur die Augen aus dem Kopf. Was wollte Sam damit sagen? Dass ihm die Augen vor Staunen aus dem Kopf gefallen waren?

Nach Mitternacht begab sich Florian erschöpft ins Bett, aber der Schlaf wollte nicht kommen. Er dachte über das Leben seines Freundes nach, das ihm immer rätselhafter vorkam. Mitten in der Nacht stand er auf, trank ein Glas

Wasser und verließ das Haus. Er fuhr in die Stadt und streifte durch die leeren Straßen, querte die Vesalgasse. Eine Weile blieb er vor dem Gebäude stehen, das nach dem Anatomen Andreas Vesal benannt war, der hier 1542 sein Hauptwerk *De humani corporis fabrica* hatte drucken lassen. Hier hatte er auch eine öffentliche Sektion vorgenommen.

Es war so still, dass er sich beim Denken zuhören konnte. Eine Frau mit einer Dogge ging an ihm vorbei, und er wartete, bis sie um die Ecke gebogen war. Dann lief er weiter, über den Petersplatz, vorbei am Kollegiengebäude der Universität. Hier hatte er Medizin studiert und fast sein ganzes Leben verbracht. Seine Klinik lag im Zentrum der Stadt, ein Zeichen dafür, dass die Gesellschaft die Kranken nicht an den Rand drängte.

Wieder zu Hause nahm er Vesals Werk zur Hand. Vesal hatte gegen Galen von Pergamon, den um zweihundert nach Christus in Rom lebenden Arzt und Anatom, gestritten. Galen hatte nur Athleten und Verletzte studieren können. Oder Tiere wie Bären, Schweine, Hunde und Affen, was ihm den Ruf einbrachte, ein Affenanatom zu sein. Die Ergebnisse der Tiersektion übertrug er umstandslos auf den Menschen. Florian beugte sich über das Buch. Er sah die Vision, die Galen vom Menschen hatte, und ihm war, als blickte er in einen durch die Jahrhunderte gehenden Spiegel, auf dessen Grund sein eigener Körper erschien.

Was ist der Mensch? Auf diese Frage hatte Vesal eine für seine Zeit revolutionäre Antwort gegeben. Eigentlich hatte er den Menschen der Neuzeit erfunden, dessen Anatomie und Beschaffenheit sinnvoll und vernünftig war. Interessanterweise verhielten sich Sams Zeichnungen zu den Vesal'schen Studien wie die Innen- zur Außenseite derselben Sache: Bei Sam wurde durch das Äußere auf das Innere verwiesen. Schaute man sich Vesals anatomische Lehrzeichnungen an, fehlte das Innere des Menschen. Statt Emotionen und Affekte sah man nur Muskeln, Fasern, Zellen und Organe.

Er blieb bis zum Morgengrauen am Tisch sitzen und las sich durch die Logbücher Vesals. Wieder war er überwältigt bei dem Gedanken, was alles durch die Vesal'schen Studien in Gang gekommen war. Im Grunde, fand er, arbeitete sein Freund mit seinen Zeichnungen auf das gleiche Ziel hin: Beide wollten den Menschen besser verstehen.

Als draußen die Bläue über den Dächern aufging, trat er vor die Tür. In der dunklen Tanne zwitscherte eine Amsel. Die Schatten der Nacht verblassten. Langsam nahmen die Häuser Gestalt an. Der Himmel wurde fahl, das Licht von Osten dehnte sich über den Talkessel. Seit Yvonnes Auszug war er nicht mehr um diese Zeit draußen gewesen. Er vermisste sie, ihre zärtliche Wärme, ihre eigensinnigen Fragen. Er hatte gespürt, dass sie besser zu leben verstand als er, direkter. Aber er hatte ihr nicht folgen können. Sein innigster Wunsch war immer noch, dass ihr kein Unheil geschehe, keine Krankheit in ihr heranwachse, ganz gleich wo sie war. Seit der Trennung war sein Leben einfach weitergegangen, irgendwie weitergangen. Nun sah er den Himmel über sich und fühlte sich unendlich traurig. Und in dieser Traurigkeit, die zugleich eine große Müdigkeit war, hatte er sich eingerichtet.

Er ging wieder hinein und suchte im Internet die Website des Stipendiatenhauses in Rom, in dem Sam gewesen war. Dann notierte er die Telefonnummer.

Warum bist du überhaupt nach Rom gegangen?«

»Das weißt du doch. Ich hatte ein Stipendium.«

Florian stand auf und schritt im Zimmer auf und ab.

»Und dann bist du in eine Krise geraten? Du hast eine römische Freundin erwähnt, Adriana. War sie der Auslöser?«

Flos Art, ihn auszufragen, war so stümperhaft, dass sogar ein Mörder gelassen geblieben wäre. Das Stipendium, entgegnete er, sei gerade zur richtigen Zeit gekommen, kurz nachdem er aus der Galerie rausgeflogen sei. Christine habe immer mehr von ihm gefordert. In dieser Situation sei ihm das Angebot, ein Jahr in Rom verbringen zu können, sehr gelegen gekommen.

»Erzähl mir von Rom«, bat Florian. »Warum hast du nicht mehr an deine Kunst geglaubt? Hast du mit jemandem darüber reden können? Mit dieser Adriana?«

»Ich mag nicht darüber sprechen«, winkte Sam ab. »Nicht heute, es geht mir nämlich beschissen.«

Er hatte auf einer Bank im Parco Borghese gesessen, als Adriana an ihm vorbeigejoggt war. Er hatte sie gezeichnet. Sie schien eine geübte Läuferin, bewegte ihren Körper beinahe schwerelos über die Kiesfläche. Nach einigen Runden war sie zu ihm gekommen und hatte gefragt, was er da mache. Er zeigte ihr die Skizzen und lud sie ins Atelier ein, das nicht weit vom Park entfernt lag. Adriana war interessiert, sie studierte Kunstgeschichte. Ihr Lieblingszeichner war Pontormo, an ihm maß sie alle anderen.

Eine Woche später gingen sie mittags zusammen essen, in einem kleinen Restaurant am Tiber. Er hatte ihr ein Heft voller Zeichnungen mitgegeben, das sie beim Essen hervornahm. Einige Zeichnungen zerpflückte sie, andere empfand sie als epigonal. Von wieder anderen war sie aber über die Maßen angetan.

Er stehe noch am Anfang, sagte er. Was sie von Leonardo halte? Wenn er nicht weiterkam, nahm er sich ein Blatt des Meisters vor und kopierte es. Handwerklich könne er da viel lernen.

Aber seit Leonardo sei viel Zeit vergangen, und der Blick auf den Menschen habe sich verändert, entgegnete sie.

Er stimmte ihr zu und war begeistert. Wann hatte er zuletzt mit irgendwem so über seinen Arbeiten reden können?

Er verstaute das Zeichenheft im Rucksack; sie wollte ihm Rom zeigen. Sie führte ihn an die tausend Orte ihrer Kindheit und Jugend. Zu ihrer ehemaligen Schule, wo sie ihm das Fenster ihres Klassenzimmers zeigte. Oder zu dem Torbogen, unter dem sie zum ersten Mal einen Jungen geküsst hatte. Beim Eindunkeln standen sie vor dem Schaufenster ihrer Lieblingspasticceria, in der sie ihr Süßgebäck kaufte, und zogen dann weiter zu dem Schuster, wo sie ihre Schuhe besohlen ließ. Sie schlüpfte aus ihren Schuhen und zeigte ihm die feine Naht, ein Qualitätssiegel des Schusters. Diese kleine Demonstration war ein Beweis ihrer Liebe zur Genauigkeit.

Ob er in der Woche drauf mit ihr die Gärten besichtigen wolle? Er wollte. Sie spazierten durch den Garten der Villa Torlonia, der so groß war, dass man sich darin verirren konnte. Er hatte noch nie so wilde Gärten gesehen wie in Rom. Im Dschungel der Villa Doria Pamphili zog plötzlich ein Gewitter auf, die Wolken wurden von Himmelsblitzen zerrissen und dann, mitten im dichten dunklen Regenschauer, trabte ein weißes Pferd an ihnen vorbei. Adriana staunte nicht über diese Dinge. Sie war Teil dieser Wunderwelt, in der sich Dinge ereigneten, die er noch nie erlebt hatte.

Arbeitete er in seinem Atelier, dachte er immer öfter an sie. Was immer er zeichnete, er wollte ihre Meinung hören. Zeigte er ihr etwas, das ihr nicht gefiel, zerriss er es. Lobte sie ihn, war er beschwingt.

Adriana hatte sich kürzlich von ihrem Freund getrennt. Allein war sie nicht. Ihre Familie war über die halbe Stadt verteilt, ein Netz von Brüdern, Cousins und Cousinen, Großmüttern und Onkeln, die bei jeder Gelegenheit zusammenkamen. Hatte er vielleicht davon geträumt, einmal selber Teil einer solchen Familie zu werden? Hatte er sich vielleicht gewünscht dazuzugehören?

Insgeheim hätte er Adriana gerne als Freundin gehabt. So hätte er die Verbindung mit Christine und auch die Schweiz endgültig hinter sich lassen können. In seiner Vorstellung hatte er sich ein neues Leben entworfen: gemeinsame Wohnung in Trastevere, Atelier an der Peripherie, Wochenenden in den Albaner Bergen oder am Meer in Ostia.

Doch als er ihr davon erzählte, war mit einem Mal alles vorbei.

Sie hatte sich im Bett aufgesetzt und nach ihren Zigaretten gegriffen.

»Ich glaube dir nicht, Samuele. Ich glaube dir nicht, weil du dir selber nicht glaubst. Du machst heute Pläne, die du morgen wieder vergisst. Mal hast du Geld, dann wieder keins. Du bist ein liebenswerter Mensch, aber …«

»Aber was?«

Während er Kaffee kochte, suchte sie ihre Kleider im Atelier zusammen.

»Du bist ein wunderbarer Künstler, Samuele, ein interessanter Mann. Aber«, und hier zögerte sie lange, »ich kann nicht bei dir bleiben, weil du nie ein Vater sein wirst.«

Sie hatte geweint, ihn umarmt und war gegangen. Tagelang hatte er gezittert, wenn er den Stift in der Hand hielt, und sich nicht mehr aus dem Atelier getraut.

Zurück in der Schweiz hatte er Noemi kennengelernt. Noemi schien eine patente, selbstständige und einfühlsame Frau zu sein. Schon nach wenigen Wochen zog er zu ihr nach Lausanne, wo sie ein Töpferatelier hatte. Noemi sagte, sie sei kein Familienmensch, und sie wolle nicht geheiratet werden. Am Morgen machte er ihr ein Müesli mit frischen Früchten, dann war sie bis zum Abend in ihrer Werkstatt. Ihr Geschirr war gefragt und verkaufte sich gut. Er fand einen Schuppen, den er als Atelier benutzen konnte. Wenn er sie in der Werkstatt besuchte, bat sie ihn jedes Mal, dies und jenes zu machen, sodass er immer mehr zu ihrem Mitarbeiter wurde. Bereits nach kurzer Zeit fühlte er sich in ihrer Werkstatt zu Hause. In seinem Atelier aber kam ihm nichts mehr in den Sinn, die meiste Zeit verbrachte er mit Rauchen. Alles, was sie formte, schien sich nach ihren Händen zu sehnen. Auch er. Er schaute ihr zu, wenn sie an der Töpferscheibe saß und der geschmeidige Ton unter ihren Händen seiner Form entgegenwuchs.

Mit seinen Zeichnungen erreichte er sie nicht. Sie hatte einen Blick darauf geworfen und gesagt, sie finde sie interessant. Aber dann hatte sie sie nicht mehr zur Kenntnis genommen.

Sie unternahmen Ausflüge in die Waadtländer Alpen. Noemi liebte Picknicks mit Schimmelkäse und Wein. Wenn sie beschwipst war, setzte sie sich auf ihn und küsste sein langes Gesicht ab. Bei Festen in ihrer Werkstatt war er meist mit Einschenken und Servieren beschäftigt. Er war der schweigsame Schatten an ihrer Seite. Mit der Zeit schrumpfte sein Selbstwertgefühl. Sie begann ihn immer mehr für ihre Arbeiten einzuspannen. Im Freundeskreis stellte sie ihn nicht mehr als Künstler vor, sondern als ihren Freund. »Lover«, hörte er sie einmal sagen.

»So geht das nicht weiter«, stellte sie dann eines Tages überraschend fest. Es gefalle ihr nicht, dass er sich so unterordne. Und ebenso wenig, dass er kaum Geld zum gemeinsamen Haushalt beisteuere. Er war verletzt, packte sein Bündel und setzte sich nach Spanien ab.

Mit Kerstin aus Lörrach hatte er Glück. Sie interessierte sich für seine Zeichnungen, vor allem für die Käfer und Insekten, denen er sich zu der Zeit widmete. Sie kochten zusammen und sprachen dann über seine Zeichnungen. Nach dem Essen wurde Musik aufgelegt und getanzt. Rumba, Rock'n'Roll, vor allem Tango. Sie merkte schnell, dass er ein guter Tänzer war. Aber er konnte auch mit ihr diskutieren wie sonst vielleicht nur mit Flo. Sie wusste, nach welchen Regeln die Gesellschaft funktionierte, erklärte ihm die Gesetze der Ausbeutung und die globalen Bewegungen des Kapitals. Er lernte viel über strukturelle Ungerechtigkeit.

Sie war Filmemacherin, genau genommen Dokumentarfilmerin und oft auf Achse. Sie reiste zu den Samen nach Lappland oder zu den Eingeborenen nach Neukaledonien.

Sie interessierte sich für alles, was vom Aussterben bedroht war: Insekten, Sprachen, Pflanzen- und Tierarten. Sie verkaufte ihre Dokus an verschiedene Fernsehanstalten. Ihre Filme entstanden immer im Team, »meine Familie«, wie sie sagte, die er allerdings nie zu Gesicht bekam. Zuerst hatte er sich eingeredet, in Kerstin die ideale Partnerin gefunden zu haben. Aber dann merkte er, dass er sich quälte, wenn sie mit ihrer Familie unterwegs war, dass er viel zu oft an sie dachte. Oft suchte er dann selbst das Weite und reiste kreuz und quer durch Europa. Am Anfang hatte er sie einige Male angerufen, bis sie gesagt hatte: »Hör auf, mich zu kontrollieren.« Er war eifersüchtig, ein Gefühl, das neu und unangenehm war. Nachts stellte er sich vor, wie sie mit anderen Männern schlief, und fand nicht in den Schlaf. Kerstin versprach, es nicht darauf ankommen zu lassen und zweideutigen Situationen aus dem Weg zu gehen. Also gab es solche Situationen! Er wurde zum Gefangenen seiner Eifersucht. Würde sich Kerstin in einen anderen vergucken, konnte sie schließlich nichts dafür, denn sie war frei, emanzipiert und abenteuerlustig. Sie war das, was er selber zu sein meinte.

Viel zu lange hatte er geglaubt, Frauen könnten ihm ein neues Leben geben. Aber stattdessen lebte er ihr Leben und verlor sich selbst dabei. Sie waren stärker als er. Heute musste er ihnen dankbar sein, dass kaum eine von ihnen lange bei ihm geblieben war.

Florian wählte die Nummer des Stipendiatenhauses in Rom. Er stellte sich als Samuel Butts Arzt vor. Die Sekretärin, Cornelia, konnte sich gut an Samuel erinnern.

Samuel, sagte sie, sei mit großen Plänen angekommen und habe sich bei ihr erkundigt, wo man in Rom Schrott kriegen könne. In seinem Atelier hätten sich innert Kürze kaputte Fernsehgeräte, alte Radios und Wellblechwände gestapelt. Er habe an einer Installation mit dem Titel *Die Welt auf Empfang* gearbeitet, ohne Unterlass. Irgendwann sei eine Frau zu Besuch gekommen, danach sei er wie verwandelt gewesen.

Florian fragte sie, ob sie ihm mehr über diese Frau sagen könne.

Sie zierte sich erst, erzählte dann aber doch. Zwischen der Frau und Samuel sei es zu einem heftigen Wortwechsel gekommen. Sie habe die Frau nicht gesehen, aber gehört, wie sie ihn in seinem Atelier angeschrien habe, auf Deutsch. Als sie wieder fort war, habe er sich verkrochen und sei nicht mehr zu den Gemeinschaftsessen erschienen. Und eines Tages habe er alle Materialien für seine Installation entsorgt. Manchmal habe man ihn spät nachts durch die Straßen laufen sehen, verwirrt und kopflos. Es seien übrigens noch andere Frauen bei ihm gewesen.

Cornelia gab ihm die Nummer eines Stipendiaten, mit dem Samuel eine Zeit lang oft zusammen gewesen war.

Rainer Kahl lebte in Zürich, und Florian wartete bis zum nächsten Abend, bevor er anrief. Kahl fragte sofort, wie es Samuel gehe. Nach Florians Auskunft schwieg er betroffen. Er habe Samuel sehr gemocht, sagte er dann, obwohl der Umgang mit ihm nicht einfach gewesen sei. Anfangs hätten sie Spaziergänge bis an die Stadtränder gemacht, vorzugsweise abends oder nachts, weit über den Corso Emanuele hinaus, von Bar zu Bar seien sie gezogen. Samuel habe mit seiner Kunst gehadert, und es war Kahl so vorgekommen, als wäre er nicht nur von seiner Kunst, sondern auch von seinem Leben enttäuscht gewesen. Eine römische Galerie habe sich für seine Installation interessiert. Alle Stipendiaten, auch er, Kahl, seien neidisch gewesen. Aber kurz vor Vertragsabschluss mit der Galerie habe Samuel, nach dem Besuch einer Frau von der Notwendigkeit eines radikalen Neuanfangs gesprochen. Er, Kahl, habe ihm das auszureden versucht. Aber da sei nichts zu machen gewesen. Darauf habe Samuel sich immer mehr zurückgezogen, sie hätten keine Ausflüge mehr unternommen. Und irgendwann habe Kahl sich nicht mehr um ihn bemüht.

Er träume, habe Samuel ihm einmal gesagt, häufig von seiner Mutter, dass sie ihn alleine lasse und ihm die Luft zum Atmen ausgehe. Dann wieder wollte er von einem Tag auf den anderen abreisen, er sei schon zu lange in Rom, alles hier sei faul und morbid, er komme einfach nicht weiter. Er werde nach Madrid gehen, er müsse Goya sehen, dann weiter an die Südküste Portugals reisen. Unterwegs sein, Gepäck abwerfen, ohne feste Adresse sein, das war seine Vorstellung von Freiheit.

Ob die Frau, die ihn besucht habe, Christine geheißen habe?

Er könne sich nicht erinnern, sagte Kahl. Er habe ihm einfach von einer Frau erzählt, die seine Zweifel an der Arbeit so verstärkt habe, dass er nicht mehr weitermachen konnte. Er wollte sich auf das Einfache und Elementare konzentrieren. Der ganze Kunstbetrieb sei ihm zuwider gewesen. Er habe sich fremd gefühlt. Eine allerletzte Installation habe er noch gemacht. Tage-, nächtelang habe er vor einem Videoschirm gesessen, auf dem nur das Bild seines Gesichts zu sehen gewesen sei, verzerrt. Er, Kahl, habe sofort begriffen, dass Samuel Angst hatte. Ein psychotischer Schub? Aber so sei er eben gewesen, undurchschaubar.

Für Florian passte das alles zusammen. Offenbar war Christine in Rom gewesen, um ihm ein Ultimatum zu stellen. Und da musste es zur Auseinandersetzung zwischen ihnen gekommen sein, und sie hatten sich endgültig getrennt.

Diese Verbohrtheit, dieses mit dem Kopf voran Gegen-Mauern-Rennen, erinnerte Florian an ihre gemeinsame Zeit in der Rekrutenschule. Nach einer Woche verweigerte Sam die Nahrungsaufnahme, sodass man ihn zwangsernähren musste. Er sagte, er wolle diesem Land nicht dienen. Man drohte ihm mit Gefängnis, man schikanierte ihn. Aber Sam gab nicht nach und wurde dünner und dünner. Man schickte ihn erst zum Psychiater, entließ ihn schließlich. Und danach hockte er vier Tage auf dem Apfelbaum.

Florian bedankte sich bei Kahl und legte auf.

Die Mutmaßungen über Sams Leben in Rom zogen Florian immer weiter in einen Strudel, in dessen Zentrum überraschenderweise seine Trennung von Yvonne stand. In den letzten Jahren ihres Zusammenseins war sie zu einer Rebellin geworden. Sie sah die Welt in einem Abwärtstrend: Das Klima werde durch den übermäßigen CO_2-Ausstoß immer wärmer, der gesellschaftliche Zusammenhalt löse sich im Internet in Blasen auf, in denen lauter narzisstische Idioten herangezüchtet würden. Die Kommunikation verrohe zusehends. Nachgiebigkeit, sagte sie, sei nicht mehr angebracht. Ihre Haltung erinnerte ihn an die von Gerda Butt. Beiden Frauen pflichtete er im Grunde bei. Auch mit Yvonnes resignativer Einschätzung, mit ihren Artikeln und Kolumnen für eine Monatszeitschrift nichts gegen die zunehmende Polarisierung der Gesellschaft auszurichten, sondern im Gegenteil die kapitalistische Maschine nur zu ölen und die Ungerechtigkeiten zu verschleiern. Trotzdem konnte er daraus nicht die gleichen Konsequenzen wie sie ziehen. Als er sagte, der Ort seines Widerstands sei die Klinik, wusste er, dass sie ihn nicht mehr verstehen würde.

Sie bat ihn, seinen alten Mercedes, »diese Dreckschleuder«, endlich zu verkaufen. Aber das Auto war sozusagen Teil seiner DNA. Sie informierte sich beim Garagisten über den Benzinverbrauch und die Unterhaltskosten. Aufgebracht erwartete sie ihn nach dem Dienst am Küchentisch. Als er begriff, dass sie keinen Gedanken an seine Familiengeschichte verschwendete und das Auto auf seine Umwelttauglichkeit reduzierte, war er empört. Dann schlug sie vor, das Haus auf dem Hügel zu verkaufen und in eine Wohnung in der Stadt mit Ökoheizung zu ziehen. Übermüdet, wie er war, erschien ihm dieser Plan wie ein Anschlag auf seine Herkunft, und er wies sie kraftlos darauf hin, dass sie nicht allein zu bestimmen habe. Das machte sie so wütend, dass sie ihm mitteilte, künftig werde sie ihn nicht mehr zu Essenseinladungen bei seinen »langweiligen« Kollegen begleiten. Die Ansichten der meisten Ärzte empfand sie als spießig. Peinlich in Erinnerung geblieben war ihm ein Abend bei den Grichtings, an dem sie mit klugen Argumenten die Demonstrationen gegen die Asylpolitik im Mittelmeerraum verteidigte, allerdings so unerbittlich, dass die Grichtings, die das Thema gerne mit Allgemeinplätzen erledigt hätten, irgendwann nur noch betreten schwiegen.

So drifteten sie immer weiter auseinander. Sie wollte ein anderes Leben – nicht ohne ihn, das nicht. Aber er war nicht frei, nach Lust und Laune über sein Leben zu entscheiden. Er hatte seine Dienstpläne, seine Verpflichtungen und, ja, auch seine Schwächen. Und dann war da noch ihre Kinderlosigkeit, eine alte Wunde, die sich nie ganz geschlossen hatte. Sie hatten darauf verzichtet, klinisch festzustellen, an wem es lag. Kurz vor dem endgültigen Zerwürfnis hatte Yvonne ein Kind aus Äthiopien adoptieren wollen. Auch wegen Sam hatte er sein Veto eingelegt.

Um sich abzulenken, verabredete er sich mit Stefan zu einer Partie Squash. Mit bleiernen Gliedern traf er in der Halle ein, wo ihn Stefan mit flinker Beinarbeit in Bedrängnis brachte. Sie spielten eineinhalb Stunden, er verlor ununterbrochen, dann tranken sie zusammen ein Bier und redeten, wie immer, über Politik. Das war lange unverfänglich gewesen. Nun aber war die Situation im Gesundheitswesen so prekär, dass es unausweichlich wurde, sich darüber auszutauschen. Um nicht in Gejammer zu versinken, schwenkten sie um zur Champions League.

Als er ins Freie trat, kam er an einem Blumenladen vorbei und da fiel ihm ein, dass heute Sams dreiundfünfzigster Geburtstag war. Er kaufte einen Blumenstrauß und eine Flasche Wein und fuhr in die Rehabklinik. Sam war inzwischen im Trakt »Übungswohnen«. Er hatte den ganzen Morgen im Kreativraum gezeichnet.

»Dass du an meinen Geburtstag denkst, ist wirklich zu viel der Ehre«, sagte er erfreut.

»Hast du vergessen, dass wir fast immer an deinem Geburtstag essen waren? Außer natürlich in den letzten drei Jahren.«

Sam fuhr die Fensterfront entlang und klagte über das Wetter.

»Was wünschst du dir sonst noch, außer schönem Wetter?«

»Lass uns einen hinter die Binde gießen«, sagte er in einem Ton, den Florian kannte: Er wollte ausbrechen. »Gibt es nicht hier in der Nähe eine Spielhölle?«

Die »Spielhölle« lag neben der Kehrrichtverbrennungsanlage, der Metall- und Abfallentsorgung, dem regionalen Schlachthof und der psychiatrischen Klinik. Sam, weißes Hemd, Jackett, rollte mit vollendetem Schwung in den Spielsaal, majestätisch, und dann weiter vor die Bar, wo er ein großes Weizenbier bestellte.

»Hallo, melde mich zurück im Leben!«

Er wischte sich den Schaum von den Lippen.

Florian bestellte einen Gin Tonic. Er trug einen hellen Anzug, der am Bauch spannte. Sam erzählte ihm von einem Paraplegiker namens Hanspeter, zehn Jahre jünger als er. Skiunfall in Engelberg. Er habe Frau und drei Kinder und stehe jetzt vor dem Abgrund. Anders Rémy, der Elsässer, der aussehe wie Aznavour. Leichtathlet, beim Hochsprung falsch gelandet. Der sei nicht bereit zu resignieren und wolle jetzt an den Paralympics teilnehmen. Mit zusammengebissenen Zähnen kurve er durch die Klinik und versprühe einen Optimismus, dass es zum Gotterbarmen sei. Auf die Dauer sehr anstrengend, dieser Optimismus, das Leben gehe ja nicht einfach weiter. Ein Paraplegikerleben sei im Vergleich zum richtigen nur noch ein Liliputanerleben.

»Was ist denn ein richtiges Leben?«, fragte Florian.

Sam hustete und schaute in sein Bierglas.

Er müsse versuchen, aus dem halben Leben ein ganzes zu machen, sagte Florian und sah auf seine schwarzen Lederschuhe, die er früher immer angezogen hatte, wenn er mit Yvonne ausgegangen war.

»Vielleicht irre ich mich«, sagte Sam. »Bei mir ist ja noch alles dran. Langsam kriecht das Gefühl in die toten Glieder zurück. Weißt du, wenn ich eine Zeichnung mache, stehe ich auch vor einem leeren Blatt. Aber wenn ich dranbleibe, habe ich am Schluss eine neue Welt vor Augen. Es kann doch nicht sein, dass ich, nur weil mir mal kurz auf dem Apfelbaum schwindlig wird, nichts mehr zustande bringe!«

»Du musst Brücken bauen zwischen deinem alten und dem neuen Leben.«

»Wollen wir spielen, Flo?«, fragte Sam gelangweilt. »Hast du Geld?«

Er rollte voraus an den Spieltisch mit dem Roulette.

»Rien ne va plus«, sagte der Croupier, als Florian mit einer Handvoll Chips an den Tisch trat.

Sam legte auf Rot 12, und das Glücksrad drehte sich. Gespannt warteten sie, bis es zur Ruhe kam. Perdu!

Aber sie spielten weiter, setzten auf Grad oder Ungrad, Rot oder Schwarz und – verloren, jedes Mal. Allmählich ging der Spaß ins Geld.

»Pass auf, gleich wendet sich das Blatt«, rief Sam, und Florian begriff, dass sein Freund heute um sein Glück spielte. Und tatsächlich, jetzt gewannen sie und rutschten allmählich aus der Verlust- in die Gewinnzone. Die Gläser füllten sich wie von alleine, das Leben klopfte an die Tür.

»Was für eine Glückssträhne«, kommentierte eine junge Frau, die neben ihnen stand. Sie steckte in schlabbrigen Jogginghosen, hatte grün-blau-rote Haare und ein rundes, mit Schminke verschmiertes Gesicht.

»Mit der Herrschaft unterwegs?«, fragte sie Florian und machte einen ironischen Knicks zu Sam hin. »Bei Ihnen kommt's auf einen Tausender mehr oder weniger nicht an, nicht wahr?«

»In Monte Carlo haben wir schon eine halbe Million verpulvert, dann in Nizza noch mal so viel«, sagte Sam.

Die Frau machte große Augen.

»Ich war fünf Jahre lang das Mädchen für alles bei einem Rockstar, danach hatte ich genug. Für immer. Auch von seiner Musik.«

Zu Florian gewandt fragte sie: »Behandelt er Sie schlecht?«

»Er ist ein Ekel«, sagte Florian und lächelte gequält.

»Sie brauchen nichts zu sagen, ich seh's Ihnen an. Er tyrannisiert sie mit seiner Gebrechlichkeit. Wahrscheinlich demütigt er sie am laufenden Band, nicht wahr?«

Florian nickte.

»Sie wirken ziemlich kaputt. Wenn Sie mich fragen, hätten Sie dringend Urlaub nötig.«

Sie gab ihm einen Klaps auf die Schulter und zog weiter.

Florian warf die gewonnenen Chips auf den Tisch.

»Zweitausend Reingewinn. Und die gehören dir, Junge. Happy Birthday!«

»Warum?«, fragte Sam.

»Weil du es verdient hast!«

»Womit verdient, Flo? Damit, dass ich zusehen muss, wie man mir den Arsch auswischt?«

»Aber das Glück ist zurück«, sagte Florian.

»Das Glück? Wenn ich an einem dieser Tische mein Leben aufs Spiel setzen könnte, pair oder impair, und ich würde gewinnen, und es wäre einfach vorbei, dann hätte ich wirklich Glück.«

»Was sagst du da?«

»Ich bin ein Hasenfuß, Flo. Ich getraue mich nicht, Schluss zu machen.«

»Bist du betrunken?«

»Selbstmord wäre ein Sprung in die ganz große Freiheit.«

»Große Worte«, sagte Florian. »Und Blödsinn.«

»Man müsste ein Leben lang an seinem Selbstmord arbeiten.«

Florian torkelte an die Bar und verscheuchte die Schatten. Der Spielsaal verwandelte sich in einen Seziersaal, die Studenten riefen dem Pathologen zu, welche Organe den

Leichen auf den Tischen entnommen werden mussten. Ach, überall herrschte ein Geschacher um gesunde Organe. Florian schleppte sich zur Toilette, wo er sich übergab.

Dann brachte er Sam zurück in die Rehabklinik. Vor der Tür umarmten sie sich lange. Vielleicht nur, weil sie so betrunken waren.

Samuels fehlende Disziplin sorgte in der Rehabklinik zunehmend für Unmut. Wenn er in der Kantine saß, wurde hinter seinem Rücken getuschelt. Er überhörte das Wort »Schmarotzer«. In seinem ganzen Leben war er nie wirklich einer geregelten Arbeit nachgegangen, ein paar Gelegenheitsjobs hatte es gegeben, aber dabei hatte er sich immer unfrei gefühlt.

Barbara blieb sein liebster Feind. Sie sprach ihm jeden Tag zu, mal leise und einfühlsam, mal laut und eindringlich. Sie schien zu spüren, dass etwas Vertracktes in seinem Wunsch steckte, der zu bleiben, der er war. In ihre Stimme mischte sich ein neuer Ton: Hatte sie Angst um ihn?

Er erzählte ihr von einem Mann, der sich selbst geheilt habe. Rémy hatte ihm in der Cafeteria ein Buch über diesen Mann gegeben. 1968, an einem Apriltag, sei er in Kalifornien auf dem Fahrrad von einem Geländewagen überfahren worden. Dabei habe er sich sechs Wirbel gebrochen und sei umgehend auf dem Operationstisch gelandet. Damit sich die Knochenfragmente in seinem Rückenmark nicht ausbreiteten, wollte man ihm einen Metallstab einpflanzen.

»Wahrscheinlich einen Harrington-Stab«, fiel Barbara ihm ins Wort. »Den hat man früher zur Begradigung von Skoliosen verwendet. Heute geht man weniger brutal vor.«

»Egal«, unterbrach Samuel nun sie und bereute sogleich

seine Schroffheit. »Der Mann wollte sich nicht operieren lassen, obwohl man ihm drohte, dass er gelähmt sein würde.«

»›Drohen‹ ist wohl nicht das richtige Wort«, brummte Barbara. Sie massierte ihm die Füße. Er konnte die Zärtlichkeit nicht spüren, aber an der Bewegung ihrer Hände ablesen.

Eines Nachts hatte er ihre Stimme gehört und sich vorgestellt, sie stehe vor seinem Bett, beuge sich über ihn und küsse ihn auf die Lippen.

»Man sagte ihm, was man auch mir gesagt hat: Ohne Operation werde er nie wieder gehen können. Wissen Sie, wie er wieder auf die Beine kam?«

»Keine Ahnung«, sagte Barbara und zog an seinem großen Zeh.

»Er glaubte an eine innere Intelligenz.«

»Was soll das sein?«

»Eine Kraft, die Millionen von Zellen organisiert. Wenn ich zeichne, spüre ich sie auch. Es ist eine Urkraft. Man kann sie für die Selbstheilung mobilisieren.«

»Selbst die Wirbelsäule heilen? Das müssen Sie mir erst mal zeigen.«

»Der Mann hat es geschafft. Drei Monate lang mühte er sich ab, Wirbel um Wirbel, konzentrierte sich nur darauf. Er ließ keine Alltagssorgen mehr zu, keine Zukunftsängste. Hier, ich hab's rausgeschrieben.«

Samuel öffnete sein Zeichenheft, und Barbara setzte sich zu ihm.

»›Dann ging ich in mich und schuf ein Bild meiner geheilten Wirbelsäule.‹ Genau das passiert, wenn ich zeichne! Der Mann brauchte verdammt viel Kraft, bis er seine Wirbelsäule zu sehen bekam. Aber dann, eines Tages, machte es ›klick‹ in seinem Rücken, und er war geheilt.«

»Klick? Was für ein Unsinn!«

»Das ist kein Unsinn«, sagte Samuel. »Das ist etwas Wunderbares. Er hat gespürt, wie sich seine Zellen neu organisieren, er konnte Signale senden, mit denen er Geist und Materie verband. Neuneinhalb Wochen nach seinem Unfall stand er auf und konnte wieder gehen.«

»Wer's glaubt ...«, sagte Barbara und wrang den Waschlappen in stiller Verzweiflung über dem Lavabo aus.

»Und ich sage dir, steh auf, nimm dein Bett und geh heim«, zitierte Sam grinsend aus der Bibel. »Und der Gelähmte stand auf, nahm sein Bett und ging nach Hause. Lukas-Evangelium.«

»Herr Butt, das ist Religion, nicht Physik! Ich habe mich nicht zur Pflegefrau ausbilden lassen, um an solche Verschrobenheiten zu glauben. Die Medizin ist eine strenge Wissenschaft.«

Die nächsten Tage diskutierte er mit Barbara weiter über Sinn und Unsinn der Selbstheilung. Barbara ließ sich immer wieder ein Stück weit auf ihn ein, beharrte aber auf der Notwendigkeit der Physiotherapie.

Also versuchte er es noch einmal und ging in den Therapieraum. Er wollte ihr zeigen, dass er guten Willens war, aber er schaffte es nicht, sich neben die anderen zu legen.

Wirklich wütend schien sie darüber aber nicht zu sein. Er hatte den Eindruck, dass sie nun häufig länger bei ihm verweilte als unbedingt nötig, dass ihre Hand inzwischen fester auf seinem Bein ruhte, und wenn sie gegangen war, saß er glücklich unter dem Himmelsloch und lächelte sich hinaus ins Blaue. Mit ihrer Hilfe gelang es ihm jedem Tag etwas besser, seinen Körper anzunehmen. Jeder reagiere anders auf die Auslöschung der Lebensfunktionen, hatte sie gesagt, und von einem Landwirt erzählt, der vom Traktor gefallen war und mit einer schweren Paraplegie aufgewacht war. Mit einem Schlag konnte er seinen Beruf nicht mehr ausüben. Aber er kam recht gut damit zurecht, einfach weil er sein Schicksal akzeptierte.

Sam dachte über ihre Worte nach.

Eines Morgens stand Chefarzt Dr. Fetzer vor ihm. Zur Begrüßung spuckte er Sams Namen aus, dann platzte ihm der Kragen: Er solle auf der Stelle aufhören, diese absurden Selbstheilungstheorien zu verbreiten. Es sei nicht nur unsinnig, sondern gefährlich, solchen Quatsch in Umlauf zu bringen.

Sam starrte ihn an.

Fetzer war für seine Ausfälle bekannt. Sein Status als Chefarzt erlaubte es ihm, Patienten herabzusetzen und zu beschimpfen. Manch einen hatte er schon zum Weinen gebracht.

Und auch Sam war geknickt. Er aß kaum noch, lag den ganzen Tag im Bett und hörte Musik. Das Fernweh sang in seinem Kopf. Florian klärte ihn über den Druck auf, unter dem ein Chefarzt stehe. In dem Job müsse man eisern sein, sonst laufe alles aus dem Ruder.

Sam hörte mit regloser Miene zu.

Nach ein paar Tagen nahm er seinen Kohlestift wieder zur Hand und zeichnete. Erotische Darstellungen, die er vor Barbara versteckte. Rémy hatte ihm erzählt, dass es vor einigen Jahren zu sexuellen Handlungen zwischen Patienten und Pflegerinnen gekommen sei. Einige Paraplegiker hatten sich tatsächlich die Fähigkeit zur Erektion erhalten.

»Und zwar eine beinharte Erektion«, sagte Rémy, »auch wenn sie nicht mehr abspritzen konnten. Priapismus nennt man das.«

Was Sam auf eine Idee brachte: Wenn er seine sexuellen Kräfte wecken könnte, würde er genesen.

Sexualität war Urkraft!

»Wenn ich mein Glied bewegen kann«, sagte er zu Florian, »dann werde ich bald auch den Rest des Körpers wieder bewegen können.«

Florian nickte. Diese Theorie war zwar genauso abstrus wie die von der geistigen Selbstheilung, aber weitaus sympathischer.

Doch als Sam darauf bestand, dass er ihm eine Frau besorgen solle, war Florian ratlos.

Als der Oktober mit leuchtenden Farben ins Land gezogen war und Sam immer noch in seinem Schneckenhaus hockte, rief Florian Patrick Brun an. Brun hatte ihm einmal von den Diensten speziell ausgebildeter Sexualassistentinnen erzählt. Patrick versprach, ihm eine Adresse zukommen zu lassen. Aber gratis sei das kaum zu haben, fügte er dämlich kichernd hinzu.

Florian erinnerte sich an einen Bordellbesuch mit Sam in Brüssel vor fast dreißig Jahren. Sam hatte gesagt, das gehöre genauso zum Mannsein wie die tägliche Rasur. Das Bordell befand sich im dritten Stock eines Bürogebäudes. Oben erfuhren sie, dass gerade alle Zimmer besetzt waren. Sie nahmen im Warteraum Platz, wo ein halbes Dutzend junger Prostituierter saß. Die spärlich bekleideten Frauen nahmen kaum Notiz von ihnen, sie lasen in Magazinen, rauchten oder nähten. Samuel und Florian saßen eine Weile schweigend da, bis ein Ruck durch Sam ging. Er räusperte sich, nahm seine Zigaretten hervor. Ein Mädchen in rotem Korsett gab ihm Feuer und bot ihm ein Glas Cognac an. Im Nu hatte er sie in ein Gespräch verwickelt, machte den anderen Frauen Komplimente, schäkerte herum, während Florian an seiner Schüchternheit würgte. Er bereute, mitgegangen zu sein, war verärgert über Sams aufgekratztes Getue und wurde immer unsicherer. Schließlich war sein Unwohlsein so heftig, dass er fluchtartig davonlief.

Eine Stunde später trafen sie sich in einer Bar, und Sam schwärmte ihm von der jungen Frau im roten Korsett vor, die ihm nach dem Liebesdienst gestanden habe, sie sei ebenfalls Künstlerin. Das schien größeren Eindruck auf ihn gemacht zu haben als der Sex.

Mit gemischten Gefühlen ging Florian auf die Website einer Sexualassistentin, Brun hatte ihm den Link geschickt. Sie schrieb, bei ihrer Arbeit kämen Körper, Seele und Geist gleichermaßen auf ihre Kosten. Sie schaffe die Voraussetzung für eine selbstbestimmte Sexualität, vermittle Informationen über konkrete Praktiken. Darüber hinaus böte sie Dienstleistungen an, bei denen sie selbst direkt miteinbezogen sei.

Sam kriegte Schluckauf, als Florian ihm davon erzählte und vorschlug, ihn hinzufahren. Nein, das müsse in der Klinik stattfinden, sagte Sam, er brauche die vertraute Umgebung. Nur war das nicht erlaubt. Nach langem Hin und Her einigten sie sich darauf, es an einem Samstagabend zu versuchen, wenn kaum Leute im Haus waren, am besten im Trakt Übungswohnen.

Samuel schickte Florian mit einer Liste in die Stadt. Er brauche Seidenpapier, farbige Glühbirnen, etwas Fallobst, das er in einer Fruchtschale arrangieren würde. Dazwischen könne man ein paar Kondome verstecken. Der Nachttischlampe hängte er ein Seidenpapiermäntelchen um. Erst bei der Auswahl der Musik gerieten sie aneinander: Sam dachte an Hardrock, Florian an Strawinskys *Sacre du Printemps*, was Sam abgeschmackt fand. Sie einigten sich schließlich auf Smooth-Jazz.

Florian las Sam vor, was auf der Website dieser Sexualassistentin stand. Die sexuelle Energie des Körpers sei die

Dienerin der Seele, hieß es dort reichlich blumig, sie sei das Gefährt, mit dem die Seele in den Körper gelange und zugleich das Pferd, das die Seele von der einen Dimension in die andere trage. Die Energie des Orgasmus wandere für gewöhnlich die Wirbelsäule hinauf und entweiche aus dem Kopf. Manchmal werde sie aber unterhalb der Wirbelsäule freigesetzt und gehe verloren. Diese Energie müsse auf eine höhere Oktave eingestimmt werden. Dann könne man sie vom genitalen Bereich durch das endokrine System leiten und damit die Körpermeridiane, die Energiezentren (Chakren) und elektromagnetischen Felder (Auren) beleben, die durch den Orgasmus eine emotionale und energetische Öffnung erfahren würden.

Florian musste grinsen.

»Hör mal, was da steht: ›Sex ist Lebensenergie, die Verbindung aller Seinsebenen. Zwei Stunden bei inkompletter Lähmung: vierhundert Franken, zuzüglich Anfahrtskosten. Gegen Aufgeld: Vorgespräch über Phantasien, Hilfestellung bei der Selbstbefriedigung bis hin zum Orgasmus.‹ Da ist der Kasinogewinn doch hervorragend angelegt«, frotzelte Florian.

»Ich weiß nicht«, murmelte Sam.

»Was weißt du nicht?«

»Wegen der Erektion, ob ich das hinkriege.«

»Ist das denn so wichtig? Ist so ein Zusammensein ohne Orgasmus etwa nichts wert?«

»›Wir sind auf der Erde‹«, las Florian weiter vor, »›um zu lernen und Erfahrungen zu sammeln. Dafür brauchen wir ein Gefährt, und das ist unser Körper. Wir sind nicht unser Körper, wir bewohnen ihn lediglich. Jeder Körper ist ein Wunder, auch der behinderte. Wahrzunehmen, was sich darin abspielt, erfüllt mich mit Ehrfurcht. Und mit dieser Ehrfurcht begegne ich auch dem behinderten Körper. Dann ist er nicht mehr krumm oder schief oder krank, sondern ein lebendiges Geschenk.‹«

»Die Frau liegt voll richtig, wenn sie auf Spiritualität setzt und den Körper als Wunder bezeichnet«, musste Sam zugeben und dachte an Ernesto.

»Und du bist wirklich sicher, dass du das machen willst?«

»Nur wer wagt, gewinnt. Stell dir vor, meine Nerven lassen sich durch einen Orgasmus wiederbeleben.«

»Mehr Physio wäre wohl sinnvoller.«

»Bitte sag Barbara nichts!«

Im CD-Player lief Smooth-Jazz, während Samuel in Jeans und frisch gewaschenem gelbem Pullover im Rollstuhl auf die Sexualassistentin wartete. Sein Schluckauf setzte ihm wieder zu. Als es an der Tür klopfte, kam nur ein Krächzen aus seinem Mund. Der letzte Moment, in dem seine Phantasien, die ihm seit Tagen durch den Kopf wirbelten, noch einmal aufblühen konnten. Gleich würde die Realität zuschlagen.

»Ich bin Lilith«, sagte die Frau im Türrahmen und hustete, als sie in die Wärme des Zimmers eintauchte. Das mit Seidenpapier verhüllte Lämpchen verbreitete schummrigrotes Licht. Sie blieb einen Moment stehen, als versuchte sie die ganze Größe des Scheinriesen zu ermessen, dann nahm sie die Mütze von den langen roten Haaren, die elektrisiert in alle Richtungen abstanden. Behutsam knöpfte sie ihren Mantel auf, darauf achtend, dass er ihr zuschaute. Mein Gott, dachte Sam, genauso hatte er sich das vorgestellt! Mit zitternder Hand füllte er die bereitstehenden Gläser mit Sekt. Sie prosteten sich zu, wechselten einige Worte, wobei sie seinen Nachnamen französisch aussprach: »Monsieur Bütt«. Er lehnte sich mit der Schulter ans Bett, als stände er an einem Bartresen, und nickte ihr lässig zu. Sie trug ein patschuli-ähnliches Parfum, das ihn an Imprägnierspray erinnerte. Aber er wollte nicht heikel sein. Er wartete, wie sie weiter vorgehen würde, er würde sich ihr ganz überlassen.

Nachdem sie ein paar Gläser getrunken hatten, rief sie ihm noch mal diskret den Preis in Erinnerung. Er nickte. Dann klatschte sie in die Hände, als befände sich eine Schar Hühner im Zimmer, trat auf ihn zu, beugte sich über ihn, sodass ihr dichtes Haar auf sein Gesicht fiel, und gab ihm einen überschwänglichen und doch schnellen Kuss. Ihm wurde schwindlig, er war ja seit Urzeiten nicht mehr auf den Mund geküsst worden.

»Mon grand Bütt«, sagte sie und knöpfte ihre Bluse auf. Der rote Push-up schubste ihre Brüste wie die Schnauzen von Mäusebabys über den Spitzensaum ins Freie. Sie zog den Rock aus, auf ihrem Tanga flatterte ein liebestrunkener Schmetterling. Er war begeistert, dass man auch einen Paraplegiker mit solchen Dessous verwöhnte! Zugleich versetzte ihm der Anblick ihres geschmeidigen Körpers einen Stich. Sie half ihm aufs Bett. Er legte seine Nase zwischen ihre Brüste, und sie flötete: »Viens, mon cher Bütt.« Dann hob sie ihn kurz hoch. Ein unerhörter Kraftakt! Das Smooth-Jazz-Stück dämpfte das Quietschen jenseits der Tür – wahrscheinlich der irre Rémy.

Plötzlich entfuhr ihm ein Wind. Der Körper meldete sich auf diese blöde Art! Lilith ließ sich nichts anmerken und nestelte an seinem Hosengurt.

»Schritt für Schritt, lieber Bütt. Du hast eine schöne Haut, bist wohl oft an der Sonne, was?« Sie kicherte.

Wie war ihm nun bang zumute! Der Augenblick nahte, da er seine Männlichkeit unter Beweis zu stellen hatte. Auf ihrer Website hatte sie geschrieben, dass mit Sexualität zu wenig offen und frei umgegangen werde. Jeder Mensch sei ein zutiefst sexuelles Wesen. Ausgerechnet diese Wendung erhöhte nun den Druck auf ihn.

Unter seinem dünnen Pullover, der rasch ausgezogen war, trug er nichts, bei den Jeans dauerte es länger, sie zog und zerrte und murmelte dabei, was für lange Beine er doch habe, die Beine eines Wüstengängers. Als er endlich ganz nackt war, schloss sie ihre Arme um ihn, sodass er eine Sekunde lang um Luft rang und beinahe zu weinen begonnen hätte.

»Südmenschen sind so leidenschaftlich«, murmelte sie und hielt ihn umfasst wie eine Riesenrübe. Dann drückte sie ihn runter, als wollte sie ihn in die Erde rammen. Wie das wohl aussah? Erotisch bestimmt nicht, eher therapeutisch.

»Spürst du mich?«, fragte sie, und er gab sich Mühe, die Kraft zu fühlen, die aus ihrer Umarmung kam. Langsam fuhr sie mit den Handflächen seinen Rumpf auf und ab, glitt über die Schulterblätter zu den Armen, den Nacken hinab und die Wirbelsäule entlang. Er schloss die Augen und verfolgte die Spur ihrer Hände von seinem Becken bis unter seine Arme.

Sie schien ihn mehr zu mögen als er sich selbst. Dass sie ihn mit dem Süden in Verbindung brachte, irritierte ihn. Aber das musste zu ihrem therapeutischen Palaver gehören. Er wollte sich endlich gehen lassen. Er wusste, wenn er sich nicht entspannte – wenn er nicht in seinen Körper hineinrutschte –, würde aus der Sache nichts werden. Der Augenblick war gekommen, da er zu seinem Körper ganz Ja sagen musste. Da er sagen musste: Ich bin so, wie ich bin. Ihre Hände fuhren noch einmal seinen Rücken hinab bis zum Kreuz, dann rieb sie ihn mit einem Duftöl ein und sagte: »Deine Haut macht mich ganz wild.«

Was sie da dauernd für einen Unsinn plapperte! Aber unter ihren Fingern wurde sein Rücken spürbar. Sein Kreuz drückte gegen ihren Handballen, und das erzeugte neue Bilder in seinem Kopf. Sie spreizte seine Beine und drängte ihr Becken gegen seines. Es wäre einfacher, dachte er, sie zu verwöhnen. Penetration war ja nicht nötig.

Er konzentrierte sich, er keuchte, umschloss ihre Brust mit seinem Mund und atmete durch die Nase.

»Der Körper ist dein Gefängnis, wir müssen dich da rausholen«, sagte sie, als er den Kopf erschöpft auf ihre Schulter legte.

Von Florian wusste er, dass Liliths früher in der Sterbebegleitung gearbeitet hatte. Sie hatte ein Helfersyndrom, ganz eindeutig.

Nun begann sie auch noch, sein Glied zu massieren. Wie traurig, wie traurig, dachte er, doch dann meinte er, etwas zu spüren, ein leichtes Jucken, vielleicht hatte sie auch nur mit den Fingern seine Hoden gestreift.

»Wir sind alle verwundet, und es sind diese Wunden, die unser Herz weich machen«, sagte sie.

Er versank in ihrem Murmeln wie in einem Stück weicher Seife, sah ihre bleichen Hände, die Finger gespreizt, sah, wie fremd sich ihre Hand auf seiner Haut ausnahm, und ihm wurde schwindlig. Sein Selbstwertgefühl kollabierte.

Danach zog sie sich an, packte geschwind ihre Sachen zusammen, sagte: »Gott liebt dich«, und verschwand.

Am Mittag des nächsten Tages erhielt Florian einen Anruf von Barbara. Sam war von der Polizei aufgegriffen und verhaftet worden, als er den Verkehr auf dem Kannenfeldplatz blockiert hatte.

Florian glaubte, gleich platze ihm der Kopf. Ihm war, als gerate die Welt endgültig aus den Fugen, als würde eine Glaskugel in Zeitlupe zu Boden fallen und in tausend Stücke zerspringen. Er hörte kaum noch, was Barbara sagte.

Sam hatte nackt auf dem Kannenfeldplatz gestanden und versucht, die Autos zu stoppen.

»Ist ihm etwas passiert?«

»Nein, Gott sei Dank! Da der Polizeiposten gleich um die Ecke ist, haben sie ihn schnell abgeführt und zu uns gebracht. Er hat sich nicht gewehrt, nur gelächelt.«

Mitten in all dem Aufruhr in Florians Kopf schälte sich eine Frage heraus: Hatte Sam sich umbringen wollen? Über den Kannenfeldplatz fuhren häufig schwere Laster. Aber warum war er nackt gewesen?

Es war klar, dass etwas Unwiderrufliches passiert war. Etwas war zum Vorschein gekommen, das schon immer da gewesen war.

»Herr Füssli … Sind Sie noch dran? Er war übrigens nicht einfach nackt. Er hat sich von oben bis unten weiß bemalt, mit Farbe aus dem Kreativraum.«

Florian musste sich setzen.

Erschöpft machte er sich nach dem Dienst auf den Weg zu Sam. Er durchquerte die Schrebergärten, Orte kleinen Glücks im Sommer, tote Nischen im Herbst und Winter. Werkzeug lag nutzlos in den Unterständen, Schaufeln, Hacken und Rechen – eine verlassene Familie der Sommerfreuden. Seinen Garten bestellen, das wollten letztlich alle.

War Sams Nummer auf dem Kannenfeldplatz eine Folge seiner Begegnung mit dieser Lilith? Oder sollte das wieder eine Kunstaktion sein?

Es gab Menschen, die spürten, dass sie verloren hatten und die sich mit sinnlosen Aktionen dagegen auflehnten. Und die musste man zurückholen. Aber wie?

Als er das Zimmer betrat, lag Samuel mit geschlossenen Augen da.

»Was ist passiert?«

Sam tat, als hörte er ihn nicht.

»Ich weiß genau, dass du nicht schläfst. Sag doch was!«

Keine Antwort. Florian nahm sich einen Stuhl und setzte sich an Sams Bett. Stille tröpfelte in den Raum, während man von draußen Schritte und das Klirren von Metallgeräten hörte.

»Du hast überlebt, Gott sei Dank.«

Florian spürte, dass Sam nicht darauf eingehen wollte.

Doch dann sagte er: »Ich kann nicht mehr reisen, ich kann keine Frau mehr glücklich machen, ich kann nicht mehr tanzen, keinen Berg mehr besteigen.«

»Wolltest du dich deswegen aus dem Staub machen?«

Sam öffnete die Augen und lächelte vieldeutig.

Florian überlegte, ob er wirklich der Richtige war, seinem Freund Mut zu machen. Er, der sich in den gemäßigten Zonen eingerichtet hatte und in sicheren Bahnen lebte.

Sein Alltag: abwägen, Rücksicht nehmen, Pflichten erfüllen. Die Müdigkeit saß wie ein schrumpeliger grauer Zwerg hinter seiner Stirn und drückte auf seine Augen. Er fühlte sich ohnmächtig. Wie so oft.

Sam schälte seinen Arm aus dem Pyjamaärmel und streckte ihn in die Luft. Ein kräftiger, behaarter Arm. Ein Arm, der zulangen, der einen Pinsel über die Leinwand ziehen konnte. Ein Arm, wie Florian ihn nicht hatte. Er, der sich ganz in den medizinischen Apparat verkrochen hatte, war ein Gezähmter und Gelähmter geworden. Ein Zwerg des Alltags.

»Sollte das eine Performance sein? Das versteht kein Mensch.«

Sam schwieg.

»War das überhaupt an irgendwen gerichtet, Sam? An mich vielleicht? Warum kannst du nicht einfach sagen, worum's geht? Warum machst du nicht endlich den Mund auf?«

Sam wandte sich ab.

»Oder wolltest du dir selber etwas klarmachen?«

Aber was fragte er ihn aus? Bleib nüchtern, sagte sich Florian und verabschiedete sich dann von seinem Freund.

Auf der Fahrt nach Genf zum Kongress des UNHCR überlegte Florian, seinen Freund in eine andere Umgebung zu bringen. Zum Beispiel in ein Heim für Behinderte, wo er in relativer Selbstständigkeit leben könnte. Aber würde er dort ohne Barbara, ohne Rémy und all die anderen, nicht ganz vereinsamen? Und war es an Florian, darüber zu entscheiden? Oder er nahm ihn zu sich nach Hause. Er könnte Yvonnes Büroräume und die Einbauküche im Erdgeschoss in eine rollstuhlgängige Wohnung umbauen, würde Sam zur Physiotherapie fahren, und an seinen freien Wochenenden könnten sie Ausflüge machen.

Aber war es nicht gerade dieses bürgerliche Leben, das sein Freund immer abgelehnt hatte?

Für einen wie Sam einen Ort zu finden, war ein Ding der Unmöglichkeit. Wo bist du eigentlich zu Hause, hatte Florian ihn einmal gefragt. Und Sam hatte gesagt »überall«. Was so viel hieß wie »nirgends«. Überhaupt war er selten je wirklich anwesend gewesen. Manchmal hatte er mitten im Gespräch ein Buch aufgeschlagen oder einfach ins Leere gestarrt. Wo war er gewesen, wenn er tagelang in seinem Atelier brütete?

In Genf angekommen, traf Florian an der Rezeption des Hotels auf seinen Kollegen Matthias Gruber. Matthias, den er seit dem Studium kannte, sah noch immer aus wie ein Postbeamter der sechziger Jahre. Biederer Anzug mit dicken Schulterpolstern, der Hosenbund hoch gezogen. Begann er aber zu reden, wurde aus ihm ein wacher und gewitzter Zeitgenosse. Er war das Gegenteil eines Phantasten.

Sie verabredeten sich zum Essen und eine Stunde später erzählte Gruber, dass er über »Anästhesie und Klimaerwärmung« reden würde. Florian musste lachen. Dass es das auch schon gab! Das hätte Yvonne gefallen. Gruber warf den Kopf zurück und war leicht gekränkt.

»Vielleicht ist dir entgangen, dass Flurane fataler für den Treibhauseffekt sind als CO_2. Ein Kilo Desfluran erwärmt das Klima genauso wie 2500 Kilo CO_2.«

Florian nickte.

»Aber wie willst du ohne Flurane operieren?«, fragte er. »Volatile Anästhesiegase sind doch nur kleine Player.«

»Wir müssen auch im Gesundheitswesen die schädlichen Emissionen verringern.« Gruber fasste sich an die eckige Brille.

Florian fiel auf, dass er schon reichlich graue Haare hatte. Gruber lebte mit einer Kinderärztin zusammen; sie hatten zwei Töchter in der Pubertät.

»Du meinst mehr inhalative Anästhetika?«

»2016 haben wir in Kigali den weltweiten Verzicht auf halogenierte Kohlenwasserstoffe beschlossen. Du erinnerst dich. Ich habe mit einigen Kolleginnen und Kollegen eine Petition verfasst, die jeden Anästhesisten verpflichten soll, auf Flurane zu verzichten.«

Florian atmete auf, als der Kellner das Gespräch unterbrach. Womöglich hätte Gruber ihm sonst die Petition vorgelegt und ihn zur Unterschrift genötigt.

»Auch Lachgas gehört zu den Sündern«, sagte Gruber. »Wegen seiner Halbwertszeit bis zu 114 Jahren und seiner ozondeplementierenden Wirkung hat es nach Desfluran den zweitgrößten Effekt. Hast du gewusst, dass eine siebenstündige Narkose bei einem Frischgasfluss von 0,5 l/min mit 2 % Sevofluran einen Treibhausgaseffekt vergleichbar dem einer 700 km langen Autofahrt hat? Fand ich auch erstaunlich.«

Für Gruber waren Fakten Kleinodien. Für ihn gab es keine andere Welt als die zähl- und messbare.

Florian hatte seinen Fisch gegessen und bestellte noch eine Flasche Wein. Er hatte sich gefreut, Gruber zu sehen. Aber musste der die ganze Zeit dozieren? Konnten sie sich nicht einfach wie normale Leute unterhalten?

»Wie geht es dir eigentlich?«, fragte Gruber prompt.

Doch nun wusste Florian nicht, was er sagen sollte. Eigentlich hätte es ihm gut gehen müssen, aber das war nicht der Fall. Sam und, natürlich, Yvonne. Und seine innere Schwärze. Also lächelte er nichtssagend.

Nach einigen weiteren Gläsern war er bereit, Gruber zuzuhören und in allem recht zu geben, einfach, damit das Gespräch bald ein Ende fand. Sogar die Petition hätte er jetzt unterschrieben. Er dachte laut darüber nach, was zu tun wäre, um die Gruber'schen Ideen an seiner Klinik durchzusetzen. Und Gruber war natürlich gleich Feuer und Flamme.

Da die Hotelbar geschlossen war, lud ihn Gruber noch zu einem Schlummertrunk auf sein Zimmer ein. Er habe eine Flasche Whiskey dabei. Florian lehnte dankend ab, verabschiedete sich und floh in seine Albträume. Die Wirkung des Alkohols verschaffte Yvonne bereitwillig Zugang zu seinem Unterbewusstsein. Als unter seinem Fenster ein rostiges Blechfass über den Boden gezogen wurde, besuchten Yvonne und er gerade eine Ausstellung. Dass dort lauter leere Rahmen hingen, Rahmen ohne Bilder, störte ihn nicht. Aber dass Yvonne ihn an seinem Halstuch von Raum zu Raum schleifte, als könnte er nicht gehen, als hätte er keine Beine, erfüllte ihn mit Bitterkeit.

Am Morgen kam er fast nicht aus dem Bett.

Etwa zweihundert Zuhörer waren anwesend. Als er den Blick hob, sah er nichts als gelassene Langweile; nur ein paar Studenten in der ersten Reihe schenkten ihm ihre Aufmerksamkeit. Da wurde ihm schlagartig klar, worüber er reden musste. Er würde ihnen nicht nur etwas Medizingeschichte näherbringen, sondern auch vom Abenteuer des Heilens in Krisengebieten erzählen.

»Verehrte Anwesende, liebe Kolleginnen und Kollegen«, begann er. »Sie alle kennen den ersten Einsatz der Anästhesie, ohne dass es ihnen bewusst wäre. In der Schöpfungsgeschichte wird beschrieben, wie Gott Adam in einen tiefen Schlaf versetzte, um aus seinem Thorax ein Teil, nämlich das Os costale, zu entnehmen, aus dem er Eva formte. Danach verschloss Gott die Wunde. Von alledem merkte Adam nichts, er schlummerte einfach weiter. Gott war also nicht nur der erste Chirurg, sondern auch der erste Anästhesist.

Am 16. Oktober 1846 wurde in Boston der erste Mensch unter Äthernarkose operiert, und der alte Traum vom Sieg über den Schmerz wurde ein Stück weit Wirklichkeit. Bis dahin hatten Chirurgen für ihre Eingriffe nur wenig Zeit gehabt, man musste die Patienten am Bett festhalten, damit sie nicht vor Schmerzen davonliefen. Napoleons Leibarzt vermochte einen Arm im Schultergelenk in zwei Minuten zu operieren. 1847 führte der Erlanger Chirurg Johann Ferdinand Heyfelder dann die erste Äthernarkose in Deutschland durch und konnte einem Schuhmachergesellen einen Abszess auf der Hinterbacke entfernen. ›Der schöne Traum, dass der Schmerz von uns genommen, ist zur Wirklichkeit geworden‹, schwärmte der Berliner Arzt Friedrich Dieffenbach. Für Dieffenbach war Schmerz allerdings auch ein nützliches Alarmzeichen des stummen Körpers, ja, und Ausdruck des höchsten Bewusstseins unserer irdischen Existenz. Ein anderer Patient, der es übrigens durch seinen Lebenswandel in Paris zu einiger Berühmtheit brachte, war Heinrich Heine, ein Syphilisträger. Das Virus drang ungehindert in seinen Körper, der jahrzehntelang keine Symptome zeigte, erreichte schließlich aber das Rückenmark und lähmte seine Hand, dann die ganze Körperseite und das rechte Auge. 1848 schrieb der Dichter: ›Ich kann weder kauen noch kacken, werde wie ein Vogel gefüttert, dieses Unleben ist nicht zu ertragen.‹ Heine, der Schmerzspezialist, nahm Zuflucht zum Morphium.«

Florian machte eine Zäsur, um zum zweiten Thema überzugehen.

»Das Verhindern von Schmerz in einer Welt voller Konflikte bleibt die wichtigste Aufgabe des Anästhesisten. Wir leben in einer Zeitenwende, der Fortschritt hat seine Schattenseiten gezeigt und von den Utopien zur Verbesserung des Lebens ist vielleicht nur noch die Medizin übrig geblieben. Nach meinem Staatsexamen war ich voller Enthusiasmus und ging in den Südsudan. Dort verbrachte ich meine Nächte in einer Lehmhütte auf dem Boden und versuchte zu vergessen, was ich am Tag gesehen hatte. Zum Beispiel das vierjährige Mädchen, dessen Köpflein mit einer Machete gespalten worden war. Meine Kollegen flickten ihr den Kopf, ich sollte ihr danach schmerzstillende Mittel geben, aber sie war so schwer traumatisiert, dass ich mich nicht dem Bett nähern konnte, ohne dass sie zu schreien begann. Auf so etwas hatte mich mein Studium nicht vorbereitet. Ich habe mit ihr geredet, habe versucht, ihr Vertrauen mit Süßigkeiten zu gewinnen, was schließlich auch gelang. Zuletzt strahlte sie uns alle an. Was für eine Freude, auch für mich, wieder einmal hatte die Medizin ihre Sinnhaftigkeit bewiesen.

Später wurde ein junger Mann mit thorakalen und abdominalen Schussverletzungen eingeliefert. Seine Oxygenation war miserabel, die Beatmungsmaschinen waren alle besetzt. In einer Kiste fand ich ein Peep-Ventil, schraubte es an einen Beatmungsbeutel und ermöglichte so den Eingriff.«

Florian trank einen Schluck Wasser.

»Wie funktioniert dieses Wunder der Medizin? Durch die Heldentaten von Namenlosen. Denjenigen, die Wundverbände legen, in der Nacht Wasser bringen, Kranke umbetten. Menschen, die schlicht den Glauben an das Leben nicht verlieren. Im Krankenhaus im Südsudan mussten etwa 200 000 Menschen versorgt werden, darunter 140 000 Geflüchtete, im Schnitt wurden jede Woche rund sechzig Operationen durchgeführt, teilweise unter schwierigsten Bedingungen. Vollnarkosen waren nicht vorgesehen, das einzige Röntgengerät funktionierte nicht, der Strom wurde von Generatoren geliefert, die dauernd ausfielen. Manchmal arbeiteten wir 48 Stunden ohne Pause.

Eines Tages wurde ein Junge eingeliefert, den ich kannte. Er hieß Machar, stand oft vor dem Krankenhaus und wartete dort auf mich. Er war ungefähr sechzehn und unterernährt. Ich gab ihm manchmal etwas Geld. Seine vier Schwestern lebten von der Prostitution, sein Vater war im Krieg umgekommen, seine Mutter bettlägerig. Manchmal trug er Dinge aus oder sammelte Petflaschen auf den Abfallhalden. Ich sah, dass er gut rennen konnte, sein Lauf war unglaublich schön. Sie kennen das vielleicht: Die Präzision, mit der der Fuß aufsetzt, Bänder, Knochen und Muskeln in berückend harmonischem Zusammenspiel, der Fuß in steter Kommunikation mit dem Schienbein, dem Knie, dem Becken und der Schulter. Solches Laufen ist reine Magie, denn es steht an der Schwelle zum Fliegen, ist von höchster Funktionalität.

Doch dann trat er auf eine Landmine und verlor beide Beine. Er konnte nicht gerettet werden, und ich musste das Narkosemittel so dosieren, dass er ohne Schmerzen sterben konnte. Während ich ihm das Morphium spritzte, verschied er; dabei hatte sein Leben noch gar nicht angefangen.

Wenn es einen Gott gäbe, würde ich ihn fragen, warum er den Schmerz erfunden hat. Warum die Frau aus dem Paradies vertrieben wurde und unter Schmerzen gebären muss. Schmerz macht nur dann Sinn, wenn er uns auf eine Krankheit aufmerksam macht. Gleichzeitig ist er so eng mit dem Tod verwandt, dass wir davon ausgehen müssen, dass ein Leben ohne Schmerz so unwahr wäre wie eines ohne den Tod.«

Florian verließ das Podium. Wäre Yvonne da gewesen, er hätte zugegeben, dass sein Bericht über das Krankenhaus im Südsudan noch immer geschönt war und nicht der Realität entsprach. Die Realität war schmutziger, quälender und hoffnungsloser gewesen.

Erleichtert schloss er die Tür seines Hotelzimmers hinter sich. Endlich war er wieder allein mit seinen Gedanken.

An einem der nächsten freien Wochenenden wollte Florian mit seinem Freund an einen Ort fahren, der schon lange große Bedeutung für ihn hatte. Bisher war er nur mit Yvonne dort gewesen. Für Samuel war es ein bizarres Ausflugsziel: Sie würden mehr als nur eine Grenze überqueren.

An einem Samstag fuhr er in einem Geländewagen mit Sitzlift bei der Rehabklinik vor. Schweigend half er seinem Freund beim Einsteigen. Als sie die Grenze zum Elsass überquerten und im Radio französische Musik lief, lockerte sich die Stimmung; beide dachten an die Ausflüge ihrer Jugend, an Konzerte, auf denen sie gemeinsam gewesen waren.

»Wohin fahren wir eigentlich?«, wollte Samuel wissen.

»Wirst schon sehen!«

Als sie auf das Gelände des ehemaligen Konzentrationslagers Natzweiler-Struthof einbogen, protestierte Sam. Aber Florian ließ sich nicht beirren, parkte den Wagen und schob seinen Freund über den Kies. Sam schimpfte, das sei eine Zumutung. Florian fuhr ihn zu den Baracken, in denen bis zu achtzehn Insassen zusammengepfercht gewesen waren. Sam hatte Atembeschwerden.

Florian wusste viel über die Anlage, die 1941 auf besetztem Gebiet gebaut worden war und neben dem Hauptlager mit Gaskammer und Krematorium noch siebzig andere

Lager auf beiden Seiten des Rheins umfasste. Offiziell diente die Stätte als Arbeitslager für die Kriegsindustrie der Nazis. Tatsächlich aber, sagte Florian, war es eines der mörderischsten Depots des Systems. Die Insassen wurden systematisch misshandelt. Die meisten waren bis aufs Skelett abgemagert, die Krankheitsrate lag bei vierzig Prozent, 22 000 Menschen wurden ermordet.

»Das weiß ich alles«, sagte Sam.

»Das weißt du eben nicht!«, entgegnete Florian. »Wissen ist nicht gleich Wissen. Die Gefangenen wurden auf verschiedene Weise ermordet, durch Genickschuss oder durch Gas und einmal im Monat bei öffentlichen Hinrichtungen gehängt, zur Abschreckung. Dabei wurde dem Häftling der Strick so fest um den Hals gezogen, dass ihm nicht gleich das Genick brach, sondern er qualvoll erstickte.«

»Willst du mir eine Lektion erteilen?«, fragte Sam.

»Im Korridor der Baracke da drüben«, fuhr Florian fort, »standen am 8. Juli 1942 sechs aus rohen Brettern zusammengenagelte Kisten, die als Särge dienten. Aus den Fugen sickerte Blut und aus der untersten Kiste war ein Klopfen zu hören. Häftlinge, die beim Morden mithelfen mussten, holten den Sarg hervor und sahen einen lebenden Mann, der neben einem Toten mit zerschlagenen Gliedern lag. Man wollte den Mann herausheben, aber ein deutscher Wärter war sofort zur Stelle und zertrümmerte ihm den Kopf mit dem Gewehrkolben.«

»Ich will das nicht hören«, sagte Sam mit schwacher Stimme.

Florian karrte ihn weiter, in die Gaskammer, die 1943 auf Befehl der Medizinprofessoren der Reichsuniversität Straßburg eingerichtet worden war. Ein neun Quadratmeter großer Raum, im ehemaligen Festsaal des Gasthauses Struthof.

»Hier verendeten die Gefangenen, die für Experimente missbraucht worden waren, darunter viele Sinti und Roma.«

Sam schluckte, und Florian registrierte das zufrieden.

»›Zigeuner‹ hat man mir früher nachgerufen, erinnerst du dich nicht?«

Florian ging nicht darauf ein. Sam zündete sich eine Zigarette an und schlang den Rauch hinunter.

»Hier wurde Geschichte geschrieben, die Geschichte eines mörderischen medizinischen Fortschritts. Hier betrieb August Hirt, Anatomieprofessor von internationalem Rang, seine Ahnenforschung. Hier wollte er die an der Straßburger Universität vorhandene Schwalb'sche Schädelsammlung mit Skeletten der sogenannten jüdischen Rasse abrunden. Auch Otto Bickenbach, Mediziner und Kampfgasspezialist, und sein Kollege Eugen Haagen, Virologe und Entdecker eines Kampfstoffs gegen Typhus, betrieben in Straßburg ihre medizinische Forschung. Haagen hätte übrigens 1936 um ein Haar noch den Nobelpreis erhalten. Nette Kumpels von Mengele, die alle im Auftrag von Himmler arbeiteten. Hirt führte Experimente mit Senfgas, Yperit, durch, während Haagen auf Phosgengas setzte. Haagen impfte die Häftlinge mit Krankheitsviren, an denen die meisten, sofern sie nicht wahnsinnig wurden, qualvoll verendeten. So zum Beispiel Nummer 6545, der nach seiner Impfung Schleim und Blut spuckte. Dann kamen Lungenfetzen aus seinem Mund, sein Todeskampf dauerte mehrere Stunden.«

Sam schaute auf den Boden, als läge dort die Nummer

6545, Blut spuckend, sich krümmend, kurz vor dem letzten Atemzug.

»Du fragst dich, warum ich dir das erzähle. Die Wahrheit ist: Ich erzähle es mir, immer wieder. Es hilft mir, den Glauben an meinen Beruf nicht zu verlieren. Nach meinem Staatsexamen bin ich als Erstes hierhergefahren. Den Eid des Hippokrates in der Tasche. Hier habe ich immer wieder den Wert des Lebens gespürt. Sobald man von der Existenz unwerten Lebens ausgeht, ist dessen Vernichtung gegeben.«

Sam hielt den Kopf gesenkt. Vielleicht lauschte er in sich hinein, vielleicht hörte er gar nicht zu.

»Laut den Akten der Nürnberger Prozesse haben von den während der Nazizeit tätigen 30000 Ärzten mindestens 350 grausame medizinische Experimente durchgeführt und aufs Schlimmste gegen den Hippokratischen Eid verstoßen. ›Ich gelobe‹, heißt es dort, ›mein Leben in den Dienst der Menschlichkeit zu stellen.‹«

»Unwertes Leben?«, fragte Sam. »Darunter war auch mein Großvater.«

Florian war erstaunt. »Was sagst du da?«

»Ich bin mir nicht sicher. Aber Gerda hat einmal gesagt, dass der Vater des Mannes, mit dem sie einen One-Night-Stand hatte, im Elsass gelebt habe.«

Florian schüttelte den Kopf.

»Doch, ich glaube, dass die hier meinen Großvater ermordet haben«, beharrte Sam starrsinnig.

»Woher willst du das jetzt wissen?«

»Weil Gerda dieses Lager irgendwann erwähnt hat.«

Florian schwieg. Was Sam da erzählte, war reine Spekulation.

»Bestimmt war er auch dunkelhäutig«, sagte Sam. »Dunkle wurden ebenso in den Lagern vernichtet wie Juden. Er war ein Opfer, wie man nur ein Opfer sein kann.«

Opfer sein, Florian lauschte dem Wort nach.

»Aber war deine Herkunft jemals in deinem Leben wichtig?«

»Das fragst du mich, dessen Herkunft bis ins Letzte geklärt ist! Wer von uns beiden wurde denn in der Schule mehr gehänselt?«

Florian glaubte nicht, dass sein Stammbaum für ihn von Vorteil gewesen war. Langsam aber begriff er, dass Sams Lebenslauf mehr durch seine unklare Herkunft beeinflusst war, als er angenommen hatte. Florian hatte es nicht bemerkt, weil Sam kaum davon geredet hatte. Hatte er sich geschämt?

Sie begaben sich in die Kantine, und Florian zog eines von Sams Zeichenheften aus der Tasche. Er legte Kopien von Leonardos anatomischen Studien auf den Tisch. Auf Sams Nachzeichnungen trugen die Embryos Sams Gesichtszüge.

»Warum haben diese Föten dein Gesicht?«

»Willst du das wirklich wissen?«

»Ja«, sagte Florian.

»Ich habe diese Föten in Rom gezeichnet, als Christine bei mir war.«

»Bitte rück mit mehr als nur einem Satz raus.«

»Christine! Eines Tages steht sie in Rom vor meinem Atelier. Sie schlingt ihre Arme um mich und sagt, sie sei gekommen, um uns eine letzte Chance zu geben. Wir hatten uns vor meiner Abreise immer wieder gestritten, waren eigentlich getrennt. Und dann steht sie vor mir, in adrettem Faltenrock und Bluse. Ich lasse sie ins Atelier, wir reden und reden, laufen durch Rom, reden weiter, und am Ende des Tages bin ich wieder heillos in sie verliebt. Mein Gott, alle meine Gefühle für diese Frau, die den Mut hatte, nach einem Banker einen verarmten Künstler zu lieben, kamen zurück. Später saßen wir in Trastevere in einem kleinen Lokal und sprachen über unsere Zukunft. Ich glaubte seit Langem wieder, dass doch als gut würde. Wir waren schon dabei, die Wände unseres neuen Zusammenlebens zu tapezieren.«

»Und warum hat es doch nicht geklappt?«

»Plötzlich sagt Christine, sie wolle ein Kind. Ich war völlig überrumpelt, denn das war das Letzte, was ich erwartet hatte. Sie lehnt sich zurück, jauchzt in den römischen Himmel und lacht, und dieses Lachen klingt so frei, dass ich sie auf der Stelle umarme. ›Ich will mindestens drei Kinder‹, ruft sie. ›Und ein Haus und einen kleinen Hund.‹ Florian, das war die größte Liebeserklärung, die mir je ein Mensch gemacht hat. Verstehst du, sie wollte nicht einfach Kinder, denn sie hätte ja auch mit dem Banker welche haben können. Sie wollte sie mit mir!«

»Aber du hattest Zweifel? Du hast dieses bürgerliche Arrangement abgelehnt?«

»Für Christine kann das kein einfacher Schritt gewesen sein. Und ich Idiot ...«

»Warum Idiot?«

»Ich rufe den Kellner, um eine neue Flasche Wein zu bestellen. ›Wir wollen auf unsere Kinder anstoßen‹, sage ich. Aber dann meint sie, ihr reiche das eine Glas Wein. Auf einen Schlag weiß ich, dass sie bereits schwanger ist. Deswegen ist sie nach Rom gekommen, sie hat mich angelogen. ›Am liebsten hätte ich zwei Jungen und zwei Mädchen‹, sagt sie. In mir kriecht eine Angst hoch, die ich verdrängt habe.

Eine Nacht lang sitzen wir uns dann gegenüber, streiten und fallen uns in die Arme. Ich kriege keine Luft mehr. Ich bin kein Vater, ich bin nicht fähig, für eine Familie da zu sein. Ich weiß nicht, wer ich bin, und nun soll ich meine Gene an jemand anderen weitergeben?«

Samuel hatte feuchte Augen.

»In dieser Nacht habe ich Leonardos Föten nachgezeichnet. Und als ich fertig war, hatte jeder von ihnen mein Gesicht. Ich *war* diese vier Embryos, und ich war nun auch der, den sie abtreiben musste. Innerhalb weniger Stunden bin ich vom glücklichsten Menschen zum unglücklichsten geworden. Ich hatte mich über Christines Pläne gefreut. Aber in der Nacht wurde mir klar: Ein Nichtsnutz wie ich, der aus dem Nirgendwo kommt, der keine Wurzeln und kein Zuhause hat, kann keine Kinder haben.«

»Das Kind hätte doch mindestens so viel von Christine gehabt wie von dir!«

»Du verstehst nicht, dass ich nicht sie, sondern mich anklage. Ich hätte nie getaugt für Christines Pläne«, sagte Sam leise. »Am Schluss hätte ich Zeichenlehrer werden müssen.«

»Tust du ihr nicht unrecht?«, fragte Florian. »Sie war immerhin in dich verliebt. Vielleicht wäre alles gut gekommen.«

»Am frühen Morgen hat sie den Zug zurück in die Schweiz genommen. Später schrieb sie mir, sie habe das Kind abgetrieben. Wir haben uns nie mehr gesehen. All das hat mir den Boden unter den Füßen endgültig weggezogen. Ich hatte das Gefühl, nirgendwo mehr dazuzugehören. Das ging bis zum Unfall so.«

»Du bist nicht vom Apfelbaum gefallen!«

»Ich bin zusammengeschlagen worden. Ich glaube, ich hatte ein Glas zu viel getrunken und hatte eine unheimliche Wut in mir. Und da strömten Leute aus dem Fußballstadion, die ebenfalls frustriert waren. Einer glaubte, ich sei Fan der gegnerischen Mannschaft, und hat mich blöd angemacht. Ich gab zurück, sie waren besoffen und stießen mich eine Böschung hinab. Ich bin mit dem Rücken auf einen Stein geknallt.«

In jeder Lebensgeschichte, dachte Florian bei der Rückfahrt, gibt es etwas, das sich nicht begreifen lässt. Etwas, das man die ganze Zeit übersehen hat. Ein schwarzes Loch. Dieses schwarze Loch war Sams Herkunftslosigkeit. Diese stete Ungewissheit hat ihn daran gehindert, selbst Vater zu werden.

Aber was hatte ihn die ganze Zeit über am Leben erhalten? Vielleicht seine Kunst, vielleicht die Sehnsucht? Seine Sehnsucht gehörte zu ihm wie sein Rucksack. Ohne Sehnsucht erreicht man kein Ziel.

Zweiter Teil

Reise in die Jugend

Ein neues Jahr hatte begonnen. Dank Florians Fürsprache war Sams Aufenthalt in der Klinik mehrmals verlängert worden. Aber im März musste er raus. Florian hatte zwei Wochen Urlaub und lud Sam zu einer Reise nach Portugal ein. Florian kannte das Land nicht und bislang hatte es ihn auch nicht interessiert. Cornwall, die Bretagne oder eine griechische Insel wären eher nach seinem Geschmack gewesen. Aber Sam wollte unbedingt nach Portugal.

Am Tag der Abreise wartete der Scheinriese in geblümtem Hemd und zu weiten Hosen vor der Rehabklinik. Seinen Rucksack hatte Florian ihm mitgebracht, die Zeichenhefte blieben in der Füssli-Villa. Für die Zeit danach. Florian hatte ihm angeboten, erst mal bei ihm zu wohnen, bis er eine behindertengerechte Unterkunft gefunden habe. Sam war darüber nicht einmal sonderlich überrascht. Florians Haus sei ja groß genug.

Beim Abschied ließ sich Barbara nicht blicken. Hatte sie etwas von Liliths Besuch mitbekommen? Es schmerzte Sam, dass er sie nicht noch mal gesehen hatte.

Florian hatte sich um alles gekümmert, er hatte die Fluggesellschaft angerufen und einen Paraplegiker angemeldet und in Porto bereits einen SUV mit allen Schikanen bestellt.

Wie ein Stück Frachtgut wurde Sams langer Körper ins Flugzeug gehievt. Seine Lider flatterten, als Florian die

Metalltreppe hochtrippelte, um seinen Platz in der Business Class einzunehmen.

Florian wollte allein sitzen und sich innerlich auf die Reise vorbereiten. Fast ein Jahr war es her, dass er hier gelandet war, aus Sarajewo kommend, den Kopf schwer von Todesbildern, und nun wollte er mit seinem Freund an einen Ort, wo ihre Herzen neu zu schlagen beginnen konnten.

Sam war in einen *aisle chair* gesetzt worden, der sich besser als ein Rollstuhl durch den engen Gang zwischen den Sitzen manövrieren ließ. Er hatte Schluckauf. Sein Adamsapfel hüpfte wie der Korken an der Angelrute auf und ab. Hinter sich hörte er Gerda sagen, er solle sich vorstellen, dass er beim nächsten Schluckauf fünf Franken kriege – aber das half nichts.

Nach dem Start brachte man ihm ein Glas Wasser, und er beruhigte sich. Seit seiner Kindheit liebte er es zu fliegen. Während das Flugzeug sich langsam der Wolkendecke näherte, dieselbe Wolkendecke, die er monatelang von seinem Zimmer aus gesehen hatte, erblickte er unter sich das Land mit seinen scharf konturierten Feldern, Wäldern, Seen und Bergen. Am liebsten wäre er immer so weitergeflogen, ins Weltall hinaus, geradewegs bis zur Milchstraße, in den Kopfhörern Neil Young, Johnny Cash oder Bob Dylan. Endlich der Schwerkraft enthoben, die ihm das Leben so mühsam machte, glitt er in Tausenden von Metern über der Erde glücklich durch das Wolkenmeer.

Als zwei Flugbegleiterinnen mit dem Essenswägelchen auftauchten, kam Leben in seine Umgebung. Eine Gruppe junger Männer reckte und streckte sich, Basketballspieler. Sam verwickelte sie sofort in ein Gespräch. Sie mussten sich doch gut verstehen, schließlich war er genau so groß wie sie. Die Basketballer waren zwar sehr nett, aber nicht an ihm interessiert. Er war kein Basketballspieler, er war behindert.

Hinter dem Vorhang zur Business Class hörte Florian Beethovens *Eroica*, die ihm von allen Symphonien die liebste war. Er hatte Reisefieber, als wäre er zwanzig. Er warf einen Blick aus dem Fenster auf den Flickenteppich, rurale Epidermis, und fragte sich, was ihn eigentlich mit alldem da unten verband.

Damals in Afrika war ihm die Heimat zum ersten Mal so fremd geworden, dass er sie nicht mehr verstanden hatte. Seit Sam wieder in sein Leben getreten war, hatte auch die Identifikation mit seinem Beruf Risse erhalten. Inzwischen konnte er sich ein ganz anderes Leben vorstellen. Außerhalb der Klinik, ein Leben ohne Zeitpläne und Pflichten.

»Willkommen in der neuen Welt«, sagte Sam grinsend, als sie in Porto gelandet waren.

Der Ausdruck »neue Welt« sei falsch, korrigierte ihn Florian. Das hier sei die alte Welt, in gewissem Sinne die älteste, die es gebe, Portugal gehöre ja zu den Kolonialmächten der ersten Stunde.

Aber Sam überhörte seinen Kommentar. Er hatte eigentlich sagen wollen: »Willkommen im neuen Leben«, aber das wäre wohl zu viel des Guten gewesen. Beide gingen auf die Toilette, danach eilte Florian zum Autoverleih. Er drückte Samuel ein paar Euro in die Hand und bat ihn, in der Zwischenzeit einen Kaffee zu trinken. Eine halbe Stunde später schob er seinen Freund in die Halle mit den Mietwagen. Er blieb vor einem schwarzen Ungetüm stehen, einem viereckigen Panzerwagen mit getönten Scheiben. Ein ungeschlachter Klotz, dachte Samuel und rollte einfach weiter. Da könne einen ja niemand sehen, niemand würde ihnen zuwinken oder zurufen, sie würden zu Geistern in einem Geistergefährt. Ein koloniales Vehikel, sagte Sam, eine Millionärskutsche, die Überlegenheit suggeriere, was fehl am Platz sei in einem Land wie diesem.

Florian hörte sich das alles an und nickte gelassen.

»Fahren wir jetzt?«

Also tuckerten sie in die Innenstadt von Porto, die an diesem warmen Märztag von Zehntausenden Touristen heimgesucht wurde. Engländer, Deutsche, Franzosen und Schweizer belagerten die Eisdielen und Konditoreien, standen in Trauben vor der Kathedrale und hielten die sonnigen Plätze am Douro besetzt. Ein Mädchen, das ein T-Shirt mit der Aufschrift *Happy fucking whatever* trug, erregte Sams Gefallen. Florian sah die ganze Stadt in eine Kuschelzone verwandelt, in der Konsumierbares in Großbuchstaben angeschrieben war, als wären alle Analphabeten.

»Weißt du noch, wie wir zu viert ausgegangen sind«, fragte Sam beim Abendessen. »Was gäbe ich darum, noch mal das Tanzbein schwingen zu können!«

Florian hatte sich meist gelangweilt. Er hatte die ganze Tanzerei verwünscht und die Abende am Tresen verbracht. Manchmal stand Christine neben ihm. Er hatte sich gefragt, was Sam an dieser amusischen Frau fand, der jeder Sinn für das Höhere abging. Heute fragte er sich, ob er sie falsch eingeschätzt hatte. Christines Anziehungskraft lag vielleicht im Verborgenen. Sie hatte ebenmäßige Gesichtszüge, gesundes kastanienbraunes Haar, und sie brauchte nicht einen Klecks Schminke, um ihre Schönheit zur Geltung zu bringen. Christine war der Typ Frau, der ein heiles Leben versprach: frische Luft, Wanderungen und wohltemperierte Geselligkeit. Und natürlich gesunde, pausbäckige Kinder. Vielleicht hatte sie Samuel doch gut getan.

»Als wir Christines dreiunddreißigsten Geburtstag gefeiert haben, bist du am Tresen fast eingeschlafen, Flo.«

An dem Abend war er unerträglich müde gewesen, da er den ganzen Tag von einer OP zur nächsten gerannt war, und hatte dem Alkohol zu sehr zugesprochen. Zuletzt waren sich Christine und er in die Haare geraten. Sie hatten über die Fortschritte bei der Entschlüsselung des Genoms gestritten, das war gerade sein Lieblingsthema. Christine fand das alles nicht so berauschend. Sie verkannte die Heilungs- und Präventionsmöglichkeiten, die damit verbunden waren, und wiederholte unablässig, man solle die Finger von der Natur lassen. Und als Yvonne von der Tanzfläche gekommen war, war er so erbost gewesen, dass er einfach weitergeschimpft und sie gegen sich aufgebracht hatte. Sie war so glücklich gewesen nach dem Tanzen, strahlend war sie auf ihn zugelaufen, aber er musste sich ja unbedingt über die globale Zunahme von Antibiotikaresistenzen ereifern – wie die Fliegen würden sie eines Tages alle sterben, und zwar an Husten, weil es keine wirksamen Antibiotika mehr gäbe. »Krepieren«, hatte er gesagt und war dabei blind gewesen für die aufblühende Schönheit seiner Frau.

»Du hast Christine nie gemocht, stimmt's?«

»Sie war zu jung für dich. Zehn Jahre, in dieser Zeitspanne ändert sich die Welt. Aber wenn du mit ihr zusammengeblieben wärst, wärst du wohl nie vom Apfelbaum gefallen.«

»Und wenn deine Weltsicht weniger schwarzgallig wäre, wäre Yvonne vielleicht noch bei dir.«

»Glaubst du?«, fragte Florian.

»Was du einmal deinen scharfen Blick für gesellschaftliche Widersprüche und für moralische Inkompetenz genannt hast, ja, ich glaube, das sagtest du so, hat sie immer weiter von dir weggetrieben. Dein grausam kalter Medizinerblick. Du nimmst überall Zerfall wahr, wo sie etwas gedeihen sah. Du urteilst und verurteilst, wo sie offenblieb. Wo du auch hingehst, begegnen dir nur Egoismus, kleinkriminelle Energie oder Dummheit, während Yvonne das Schöne in den Dingen sah.«

»Sie konnte ziemlich rechthaberisch sein«, sagte Florian, beleidigt darüber, dass Sam ihm solche Wahrheiten auftischte.

»Was bist du düster«, sagte Sam und nickte, als müsste er sich selbst diesen Satz bestätigen. »In Rom hat sie geahnt, dass ihr nicht mehr lange zusammen sein würdet.«

»In Rom? Yvonne war bei dir in Rom?«

»Hat sie dir das nicht gesagt? Auf der Rückfahrt von Palermo hat sie kurz bei mir Station gemacht.«

»Das höre ich zum ersten Mal. Warum ist sie zu dir gefahren?«

»Sie kam nur auf einen Sprung vorbei. Ich glaube, sie musste in Rom umsteigen.«

»Hat sie von unserer Ehekrise geredet?«

»Du glaubst doch nicht, dass sie sich bei mir über dich beklagt hätte. Nicht Yvonne.«

Am nächsten Morgen brachen sie früh auf und hätten Peniche wohl noch am selben Tag erreicht, wenn Sam nicht protestiert hätte.

»Reise so, dass Körper und Geist Zeit haben anzukommen. Erinnerst du dich, in welch gemächlichem Tempo wir damals in deinem alten Deux chevaux ins Piemont gefahren sind, zu Marieluise?«, fragte Sam.

»Welche Marieluise? Ich erinnere mich an ein paar Aussteiger in einem verfallenen Schloss.«

»Jetzt hör aber auf! Du musst dich an sie erinnern. Wie die herumgewirbelt ist, wenn sie tanzte, wie ihre Haare durch die Luft flogen? Und schön war sie. Wir waren doch alle in sie verliebt!«

»Ich habe mit einer Frau Ratatouille gemacht, wenn du die meinst. Sie stellte sich ziemlich ungeschickt an. Sie sah gut aus, stimmt, und das schien ihr zu reichen. Wenn sich alle Männer nach einem umdrehen, muss man nicht gut kochen können. Schönen Frauen fehlt es oft an Ehrgeiz.«

»Mensch, das klingt nun echt frauenfeindlich.«

»Und, weißt du«, sagte Florian, »das alternative Milieu wurde nur deshalb erfunden, damit man sich gehen lassen kann. Man kocht nachlässig, liest Bücher nur halb, ist dauernd zugedröhnt und wäscht sich nicht.«

»Wir haben das Leben genossen und ausgeschlafen, während du in aller Herrgottsfrüh aufgestanden bist und nichts als schlechte Laune verbreitet hast, bis wir schließlich abgereist sind.«

»Wir sind abgereist, weil du dich in diese Marieluise verliebt hattest und es nicht mehr ausgehalten hast, dass sie nicht mit dir ins Bett wollte.«

»Sie lag jede Nacht bei einem anderen. Warum nicht auch bei mir? Ich hätte sie noch gekriegt, wenn du nicht alles versaut hättest durch deine Miesepetrigkeit. Mensch, Flo, von heute aus gesehen ist doch jede Nacht, die man allein verbringt, ein Verbrechen.«

Florian ging das Gespräch auf die Nerven. »Schluss jetzt mit Jammern, schau dir lieber die Landschaft an.«

Auf der Höhe vor Vagos – viele leere Parkplätze, Baustellen, Containerfabriken – machten sie Rast. Florian bestellte in der Tankstellenkantine Pastéis de Bacalhau, die ihm bald schwer im Magen lagen. Sam fastete, um im Kopf fit zu bleiben, wie er sagte.

Als sie zum Wagen zurückkehrten, standen die Türen weit offen. Florians teure Reisetasche war verschwunden, Sams Rucksack dagegen noch da.

Sam lachte. »Wie haben die das nur geschafft, die edle Karre aufzukriegen?«

Florian konnte es nicht fassen. Er empfand den Diebstahl als persönliche Kränkung.

»Je protziger man sein Eigentum zur Schau stellt, desto schneller sind die Diebe da«, sagte Sam und zog amüsiert an seiner Zigarette.

»Wir besitzen den Wagen nicht, er ist nur gemietet!«

»Ich fühle mich trotzdem leichter. Ich kann auch gut in einer kleineren Büchse zu dieser magischen Halbinsel fahren.«

Nach einigen Telefonaten holte jemand den Koloss ab, und sie bekamen einen Toyota Hi-Ace, Baujahr 1997, rostrot. Tatsächlich war das Rot vom Rost nicht zu unterscheiden. Sam musste umständlich auf den hohen Sitz gehievt werden. Im nächsten Städtchen besorgten sie Proviant. Außerdem kaufte Florian sich zwei gelbbraun karierte formlose Kurzarmhemden, dazu beige Shorts, die angenehm locker saßen und Sneakers. So habe er als Teenager ausgesehen, sagte Sam, nur die Halbglatze passe nicht ganz. Na ja, und etwas zugelegt habe er auch. Sam hatte in der Zwischenzeit noch zwei Sixpacks Bier gekauft, weil Reisen schließlich durstig mache, und ein Comicheft, um die Sprache zu lernen. Beides war, wie Florian bemerkte, unsinnig, denn erstens musste Sam sein Urinmanagement einhalten, und ein Comic zum Sprachelernen war unter jedem Niveau. Außerdem hatte Sam noch zwei billige Angelruten erstanden. Warum hielt Sam auch als Erwachsener an diesem aus der Zeit gefallenen Hobby fest?

Jetzt war es eigentlich nur noch ein Katzensprung bis Peniche – Anfang und Ende der Welt. Aber Sam bestand darauf, die Küste entlangzufahren, wo die Straßen schlecht waren. Es ging nur langsam voran. Und was Florian ringsum sah, weckte nicht sein Wohlgefallen: Versengtes Gras, Gebüsch und Wildnis, oft voller Abfall, dazwischen Autowracks.

Im Rückspiegel sah er, dass sein Freund Musik hörte. Wo er wohl gerade war?

»Erinnerst du dich noch, wie wir ins Appenzell gefahren sind?«, rief er nach hinten. »Mit Pink Floyds ›Ummagumma‹. Tomi, Ashi, Seli und du. Seli hat einen Joint nach dem anderen gedreht.«

Sam nahm die Stöpsel aus den Ohren und blickte Florian fragend an. »Wie alt waren wir da?«

»Nicht alt genug, um zu merken, wie bescheuert es ist, bekifft durch die Gegend zu fahren.«

Sam machte ein Bier auf und bot Florian einen Schluck an. Aber der wollte nicht.

»Seli hatte einen Wunderkoffer voller Drogen dabei, aber du hast dich nicht getraut. Ich habe mir die ganze Zeit vorgestellt, was dir entgeht. Eine Schneelandschaft mit Pink Floyd, Hasch und LSD – einfach vollkommen.«

»Ja, ganz toll war das«, sagte Florian. »In der eisigen Hütte musste ich dann noch den Hypnotiseur geben. Ihr wart komplett hinüber, und ich redete euch mittels Hypnose an einen Sehnsuchtsort.«

»Wohin wollte ich?«

»Nicht ans Meer, soweit ich mich erinnern kann. Seli wollte ans Meer, um in eine Muschel zu schlüpfen. War für mich nicht einfach, zumal sie sich dann in den Gängen der Muschel verirrte. Du wolltest auf einen Baum. Also hab ich dich da hochgeschwafelt. Du warst schon immer baumsüchtig.«

Sam schüttelte den Kopf, als wäre er erstaunt. »Ganz oben sieht man die Wolken am besten.«

Man spürte die Nähe zum Meer. Beide waren aufgeregt. Sam sagte, wenn er das Meer rieche, würden ihm alle Sicherungen durchbrennen. So viele Erinnerungen.

»Weißt du noch, unsere erste Tramperreise?«, sagte Florian. »Mit dem Zug bis Florenz. Lange Haare, Rucksack, Second-Hand-Klamotten.«

»Jetzt kommen aber die ganz alten Geschichten. Sollten wir uns nicht auf Peniche konzentrieren? Peniche liegt im Süden des Gefühls, im Zentrum meiner Herzkammer.«

Mit der Reise nach Peniche wiederholen wir alle früheren Reisen. Florian dachte diesen Satz nur.

»Wir waren damals in Italien nicht allein, da waren noch ein Freund und zwei Mädchen mit dabei.«

Die letzten Kilometer in Cecina waren sie zu Fuß gegangen. Je näher sie dem Meer kamen, desto heller wurde das Licht. Ein breites leuchtendes Band, wie in den Himmel gesprayt. Schon hatten sie den Geruch von Algen in der Nase, als Sam plötzlich zu weinen begann. Das Meer hatte eine Traurigkeit in ihm geweckt, von der er nichts gewusst hatte. Dann saßen sie wortlos am Strand, schmutzig, erschöpft, und aßen den trockenen Stockfisch.

Vom Straßenrand aus winkten ihnen zwei Frauen zu.

»Stopp«, schrie Sam, als Florian einfach an ihnen vorbeifuhr.

Warum sollte man sich neben einem Paraplegiker noch zwei Tramperinnen ans Bein binden?

Sam ruderte wie wild mit den Armen und rief den Frauen etwas zu. Florian stoppte und versuchte den Rückwärtsgang einzulegen, aber der klemmte. Ruckelnd blieb der Wagen stehen.

Inge und Annalena waren bestimmt fünfzehn Jahre jünger als Samuel und Florian. Die dunkelhaarige Annalena nahm neben Florian Platz und streckte ihre langen glattrasierten Beine aus. Sie sei aus Hamburg, Inge aus Dresden.

»Sam Butt und Dr. Füssli aus Basel«, sagte Samuel fröhlich.

»Wir fahren erst mal nach Obidos«, ergänzte Florian. »Passt das?«

»Genau da wollen wir hin«, sagte Inge.

Sam und die beiden Frauen schwärmten von der Schönheit der portugiesischen Landschaft. Inge fragte nebenbei, was denn mit Sam passiert sei. Er sei vom Apfelbaum gefallen, entgegnete der schnell, und Inge sagte, wenn sie irgendwie helfen könne, solle er es bitte sagen.

»Sein Freund ist Arzt«, meldete Annalena lakonisch nach hinten und zündete sich eine Zigarette an.

»Stört dich doch nicht, oder?«

»Lange keinen Raucher mehr an Bord gehabt«, sagte Florian verlegen.

»Stimmt nicht«, rief Sam. »Ich rauche auch.« Seine Melancholie hatte sich in nichts aufgelöst.

Annalena war arbeitslos und Inge Ägyptologin. Daran fand Florian sofort Gefallen. Ägyptologin: Die Kulturtechnik der Einbalsamierung hatte ihn schon immer fasziniert. Aber Inge hatte keine Lust, sich mit ihm darüber auszutauschen, und Annalena schaute aus dem Fenster. Ihr Profil erinnerte Florian an eine andere Frau.

Erstaunlich, wie rasch Sam Nähe zu den beiden aufbaute. Nach einer halben Stunde hatten die drei sich endgültig drauf geeinigt, dass Portugal ein großartiges Land war, dessen Rückständigkeit ihm, wie Inge sagte, einen einzigartigen Charme verlieh.

»Im Gesundheitswesen gebe es noch viel Luft nach oben«, sagte Florian. »Auch in der medizinischen Grundversorgung. Wehe«, rief er über die rechte Schulter nach hinten, »jemand von uns müsste hier hospitalisiert werden. Eure Sehnsucht nach dem Rückständigen verrät euch als Angehörige der privilegierten Klasse.«

Sam stöhnte, aber Inge war nicht beleidigt. Sie habe das Gefühl, in diesem Land gebe es noch mehr Freiheit als anderswo. Sam pflichtete ihr bei.

Annalena drehte sich nach hinten um. Sam war hier eindeutig die Hauptattraktion. Inzwischen hatte Inge ihren Kopf an seine Schulter gelehnt, während Annalena immer wieder sein gelähmtes Knie anfasste.

Florian musste hinter seiner Sonnenbrille die Augen zusammenkneifen, so sehr blendete ihn das Licht, obwohl der

Himmel bedeckt war. Wenigstens konnte er so seinen Ärger über Sam, diesen Schwerenöter, verbergen.

Florian hatte das Gefühl, als würden sie gleichzeitig durch mehrere Zeiten ihres Lebens reisen. An einem Ende Struthof, dessen Bilder ihm nicht aus dem Kopf gingen, am anderen Sams Flirterei mit Inge und Annalena. Er würde nichts dagegen haben, wenn Inge sich in Sam verliebte. Aber bei Annalena meldete sich seine Eifersucht. Das Bedürfnis nach Zärtlichkeit in der Öffentlichkeit, dem die beiden Frauen nachgaben, hatte er schon immer als geschmacklos empfunden. Bei Yvonne hatte er sich verkrampft, wenn sie auf der Straße einen Kuss von ihm haben wollte. Sie seien doch erwachsene Menschen, hatte er dann gesagt.

»Man muss seine Träume leben«, sagte Annalena.

»Auch wenn man kein Geld hat«, ergänzte Inge.

»Wenn ich könnte«, verriet Sam, »würde ich einen Motor an meinen Rollstuhl bauen und in fremde Länder reisen, nach Indien zum Beispiel.«

Inge sagte, da wäre sie mit von der Partie.

War Sam ein Träumer oder ein Aufschneider?

»Und was, wenn du eine Reifenpanne hast? Wer hilft dir dann?«, fragte Florian, er brüllte fast.

Die Frauen schwiegen betreten.

Florian lenkte ein: »Na ja, wenn Inge dabei ist, könnte es vielleicht klappen.«

Aber Inge hörte ihm nicht mehr zu.

»Der Rollstuhl müsste ganz schmal sein, wie der, den ich im Flugzeug hatte«, sinnierte Sam. »Damit wäre ich mobiler.«

»Deine Schwärmereien in allen Ehren, aber das ist vollkommen absurd.«

Den Satz hätte er sich sparen können.

»Miesmacher«, sagte Inge, und Florian zuckte zusammen. Sein Realismus kam offenbar nicht gut an.

»Außerdem, apropos Indien: Der Körper des Paraplegikers kann mit extremen Außentemperaturen nicht umgehen«, sagte Florian unter den bösen Blicken von Annalena. »In der Regel dauert es Tage, wenn nicht Wochen, bis er sich von solchen Strapazen erholt.«

»Also, ich kann mir gut vorstellen, dass man dann halt die Einheimischen um Hilfe bittet«, sagte Sam. »So kommt man auch gleich mit ihnen in Kontakt.«

»Genau«, sagte Inge, zupfte Sam am Ohrläppchen und bettete sich wieder an seine Schulter.

»Und dann wird man spontan zum Essen oder Übernachten eingeladen«, sinnierte Sam.

Florian wusste, dass Sam das alles nur sagte, um ihn zu ärgern.

Dann gingen die drei zu der Frage über, was einen im Leben unglücklich mache. Schnell waren sie sich einig: Autos, Internet, Geiz und Streben nach Besitz. Über den idealen Lebensstil waren sie sich noch schneller einig: grün, naturnah, spontan und ungebunden. Feste Gewohnheiten wie fixe Essens- und Schlafenszeiten seien lebensfeindlich. Man müsse in Bewegung bleiben. Die Tage flüssig machen.

»Eigentum ist Diebstahl«, sagte Sam dann. Womit sie wieder mal bei seinem Lieblingssatz waren, den er schon als Siebzehnjähriger als Totschlagargument gegen das kapitalistische System eingesetzt hatte.

Warum freute Florian sich nicht darüber, dass sein Freund sich so gut mit den Tramperinnen verstand? Nicht weiter über seine Handicaps grübelte? Plötzlich merkte er, dass er mit seinen Gefühlen längst wieder tief in der Vergangenheit steckte.

An der nächsten Kreuzung bog er ab in einen Waldweg. Inge musste sich kurz in die Büsche schlagen. Florian vertrat sich die Beine, und Sam sagte: »Wenn ich dich so in kurzen Hosen und kariertem Hemd in der Pampa stehen sehe, wirkst du gar nicht wie ein Oberarzt.«

Annalena legte ihre Arme um Sam, er schlang seine um ihre Hüfte und ließ sich von ihr in den Rollstuhl setzen. Sie bückte sich, stellte seine Füße aufs Trittbrett, schob ihn über den Schotterweg, drückte ihm einen Joint in die Hand und schon waren die beiden im Wäldchen verschwunden.

Als nach einer halben Ewigkeit alle wieder im Wagen saßen, der König im Rollstuhl euphorisch gestimmt, drehte Florian den Zündschlüssel und musste mitanhören, wie der Motor nach kurzem Aufheulen mit einem lang gezogenen Krächzen den Geist aufgab. Auch nach mehrmaligem Versuch brachte er ihn nicht zum Laufen.

Weit und breit war kein Mensch zu sehen, und im Westen ging bereits die Sonne unter.

»Mach mal die Kühlerhaube auf«, sagte Sam.

Unter seiner Anleitung schraubte Florian einzelne Teile heraus und legte sie, wie die Organe eines Menschen, nebeneinander auf den Boden. Die Frauen zückten ihre Handys und spendeten ihnen damit Licht. Etwas Gespenstisches lag über der Szene. Zuletzt war der halbe Motor ausgebaut, und keiner hätte sagen können, wie man ihn wieder zusammensetzte.

Sam ließ sich den Schneid nicht nehmen und entwarf einen Plan. Sie würden da hinten auf der Lichtung ein Feuer machen und dort übernachten. Am nächsten Morgen würden die Frauen zurück zur Überlandstraße laufen und Hilfe holen. Florian spürte seine Entschlossenheit. Was war mit ihm passiert? Sam war ihm ein Buch mit sieben Siegeln.

Sie sammelten Kleinholz, Florian zerknüllte eine Zeitung und stopfte sie unter das Brennholz. Schnell schossen die Flammen hoch. Als sich die Dunkelheit senkte, saßen alle vier im flackernden Lichtschein.

»Weißt du noch, wie wir per Autostopp nach Südfrankreich unterwegs waren und in der Nähe von Sète strandeten?«, fragte Sam. »Wir haben unser Zelt im Wald aufgeschlagen und uns auf dem Gaskocher eine Suppe gemacht.«

Florian konnte sich erinnern, wie mühsam es gewesen war, das Zelt auf dem Waldboden aufzustellen.

»Dir ging's schlecht, du musstest dich übergeben, weil du eine verdorbene Wurst gegessen hattest. Du glaubtest Fieber zu haben, dabei war es einfach unglaublich heiß.«

»Ich konnte kein Auge zumachen, ich habe so geschwitzt, und du hast dich die ganze Nacht herumgewälzt, sodass sich die Heringe aus dem Boden lösten.«

»Als wir dann endlich im Morgengrauen eingeschlafen waren, bist du gleich wieder aufgeschreckt. ›Da draußen sind Schatten‹, hast du gerufen und gezittert vor Angst. Was du für ein Angsthase warst!«

»Es waren Wildschweine.«

Florian fühlte sich bloßgestellt. Die Frauen würden sich an seiner Schwäche weiden, sympathisch war er ihnen eh nicht, und jetzt würden sie ihn auch noch für einen Versager halten.

»Die Jugend ist ein schwieriges Land«, sagte Florian.

Und Inge seufzte: »Ich habe das Gefühl, die meisten Männer bleiben für immer dort.«

Sam schaute versonnen in die Glut.

»Ein Teil der Jugend bleibt ein Leben lang in uns«, sagte Annalena.

»Da hast du recht«, sagte Inge. »Aber Frauen sind anders. Wir wollen zwar jung bleiben, aber nicht unbedingt jugendlich.«

Florian streckte die Beine aus und schaute in den Nachthimmel. Die Mücken hatten seine Fossa poplitea nicht verschont. Trotzdem fühlte er so etwas wie Glück, mit diesen beiden Frauen und seinem versehrten Freund unterwegs zu sein. Es war ein weit in seine Jugend zurückreichendes Gefühl. Er roch den sandigen, feuchten Boden und die Öle der Macchia, ja sogar das Meer. Er hätte die anderen gerne auf den salzigen Wind angesprochen. Auf das leise Seufzen aus dem Wäldchen. Aber jeder war mit sich selbst beschäftigt.

Da erhob Annalena plötzlich die Stimme. Sie sang »Me and Bobby McGee« von Janis Joplin, erst ganz leise, dann immer lauter. »When I'd trade all my tomorrows for a single yesterday, holding Bobby's body close to mine.« Eine Stimme voll und rund, die tief aus dem Thorax kam. Das Lied traf ihn ins Herz, eine Frau, die er geliebt hatte, hatte es manchmal gesungen. Und plötzlich wusste Florian, an wen ihn Annalena erinnerte: an Alma.

Sam klatschte leise in die Hände und nickte anerkennend.

»Was ist los?«, fragte Inge, als hätte sie meditiert.

Florian wollte aufstehen und Annalena umarmen. Aber sie ging zu Sam, küsste ihn auf die Lippen, packte die Griffe seines Rollstuhls und sagte, sie würden jetzt ans Meer gehen. Der Mond stehe hell und klar am Himmel, sie kämen schon zurecht. Am Morgen seien sie zurück.

Florian protestierte nicht. Er holte sich ein Bier aus dem

Auto und setzte sich etwas abseits von Inge, die gerade in ihren Schlafsack schlüpfte und sich mit einem »Tschüschen« verabschiedete. Er dachte über sich und seinen Freund nach. Und je länger er nachdachte, desto mehr beschlichen ihn dunkle Ahnungen. Er ging zum Auto und klappte den Sitz nach hinten. Wie immer konnte er erst nicht einschlafen, versank dann aber in einen Traum, in dem er auf einer Eisscholle im Meer trieb. Auf einer anderen Scholle stand Sam, mit gesunden Beinen, und auf einer dritten Yvonne. Langsam glitten sie voneinander weg, schweigend.

Als er am nächsten Morgen erwachte, schmerzte sein Rücken. Hexenschuss. Er humpelte ins Gebüsch, um seine Notdurft zu verrichten.

Wo waren Sam und Annalena?

»Die schläft immer lange«, sagte Inge und schälte sich aus dem Schlafsack.

Florian hatte Panik. Er folgte dem schmalen, von Gestrüpp überwucherten Weg. In den stachligen Ästen hingen Klopapier, Plastikhüllen und Präservative. Als er nach einer Viertelstunde den Strand erreichte, bot sich ihm ein jämmerliches Bild. Sam hing schlafend im Rollstuhl, Annalena lag ein paar Meter weiter im Sand, wimmernd und zitternd.

Sam erzählte, dass Annalena halluzinogene Pilze gegessen und sich mehrfach übergeben habe.

»Ist das schlimm? Schaust du mal?«, fragte Sam.

Aber Florian rührte sich nicht von der Stelle und verschränkte die Arme. Er hatte keine Lust, den Arzt zu geben.

»Das wird schon wieder«, sagte er.

»Mein Gott, tu doch was!«

»Ich bin im Urlaub.«

»Spinnst du?! Sie hat Pilze geschluckt!«

»Hast du auch was genommen?«

»Nein, ich habe nur zugesehen, wie es ihr immer schlechter ging.«

Florian nickte. »Psilocybin, starke psychogene Wirkung. Setzt am selben Ort an wie der Neurotransmitter Serotonin.«

»Willst du sie einfach da liegen lassen?«

»Ich packe schon mal das Auto, kommt einfach nach.«

»Füssli!«, schrie Sam aus Leibeskräften. »Du Arschloch, bleib gefälligst hier!«

»Mydriasis. Herzrasen, Schüttelfrost. Geht vorbei.«

»Bevor sie sich übergeben musste, hat sie mir ihr ganzes Leben erzählt, Sängerin wollte sie werden, aber dann ist alles den Bach runtergegangen. Chronische Kehlkopfentzündung, dann verlässt sie auch noch der Freund, und sie hat kein Geld mehr. Sie sagt, sie will mich heiraten.«

»Soll sie. Ich kann ihr nicht helfen, ich kann niemandem helfen. Eigentlich bin ich derjenige, der Hilfe braucht.«

»Jetzt hör aber auf«, fuhr Sam ihn an. »Du lässt nichts gelten in deinem Egoismus, Flo.«

»Ich ahnte ja, dass das nicht gut ausgehen würde«, sagte Florian.

Dann hob er Annalena hoch und trug sie wie eine Geliebte davon. Sie schluchzte und rief nach Sam.

»Und was ist mit mir?«, rief ihm Sam hinterher. »Hast du schon mal einen Rollstuhl über Sand gefahren?!«

»In einer halben Stunde hole ich dich.«

Geraume Zeit später stand Florian an der Überlandstraße und versuchte, ein Auto anzuhalten. Ein Fernlaster nach dem anderen donnerte vorbei, wirbelte ihm Staub ins Gesicht und blies seine Hoffnung fort. Bis nach einer Ewigkeit doch ein Wagen anhielt. Ein englisches Ehepaar. Im nächsten Städtchen gab es eine Autowerkstatt, da ließen ihn die beiden raus und verabschiedeten sich mit einem freundlichen Winken. Er machte ein paar Einkäufe, fuhr danach mit dem Garagisten zurück und war nicht wenig erstaunt, als er sah, dass neben dem kaputten Toyota nur noch ein trauriger Samuel auf ihn wartete.

»Inge und Annalena sind weg.«

»Offensichtlich«, sagte Florian.

»Inge war das alles zu viel.«

»Und deine Hochzeit mit Annalena?«

»Sehr witzig.«

Florian sah, dass es Sam gar nicht gut ging.

»Lass uns jetzt frühstücken, und zwar richtig!«

»Ich glaub's nicht!«, rief Sam, als er sah, was Florian auspackte. Weißbrot und Butter, Croissants und dazu Nutella.

»Ich weiß doch, dass du dieses Zeug früher tonnenweise verschlungen hast. Vor allem, wenn's dir schlecht ging!«

Sam machte sich schweigend über das Nutellaglas her.

Als der Garagist den Toyota wieder zusammengesetzt hatte, fuhren sie weiter. Portugal war ein eigenartiges Land, dachte Florian, es hatte nichts Typisches. Sam schwieg weiter. Sicher dachte er an Annalena, vielleicht zählte er wieder einmal die Verluste seines Lebens.

Sie fuhren, bis sie an ein Flüsschen kamen, wo Sam endlich seine Angel auswerfen wollte. Florian hatte das seit Urzeiten nicht mehr gemacht. Was für Wasser war das, Süßwasser, Meerwasser? Gab es hier überhaupt Fische?

»Hauptsache fischen«, sagte Sam.

»Und was machen wir, wenn wir einen fangen?«

»Das hast du mich immer gefragt.«

Sam klebte kleine Brotstückchen an die Angel und warf sie aus, Florian tat es ihm gleich.

»Du glaubst doch wohl nicht, dass ich hier in der Pampa Fisch zubereite!«

Lange saßen sie da. Beide hingen ihren Gedanken nach, jeder für sich und doch blieben sie miteinander verbunden.

»Annalena hat mir gut gefallen, Flo. Sie hatte etwas Besonderes. Ich weiß, das klingt seltsam, aber vielleicht hätte ich mit ihr ins Leben zurückfinden können.«

»Red keinen Unsinn. Du kanntest sie kaum, und außerdem war sie viel zu jung für dich.«

»Christine war auch viel jünger als ich. Als Annalena mir gestern Nacht aus dem Rollstuhl half, ist mir dieser Gedanke gekommen. Wir lagen nebeneinander, haben dem Rauschen der Wellen gelauscht. Vielleicht hätte sie mir ein zweites Leben schenken können.«

»Vielleicht hat dein zweites Leben gerade begonnen. Was wissen wir schon?«

»Und was ist mit dir? Worauf wartest du eigentlich? Darauf, dass Yvonne zu dir zurückkommt?«

Sams Tonfall sagte Florian, dass er die Frage sehr ernst meinte.

»Ich habe schon ewig nichts mehr von ihr gehört. Sie will keinen Kontakt. Das Kapitel ist abgeschlossen, so leid es mir tut.«

»Es ist nie zu spät«, sagte Sam und zündete sich eine Zigarette an.

»Könntest du nicht endlich mit dem Rauchen aufhören«, fuhr ihn Florian an. »Heute raucht kein Mensch mehr, nur du, ausgerechnet du, in deinem Zustand musst rauchen.«

Sam drehte an der Winde, und der Angelhaken sprang hoch und glänzte wie ein Talisman in der Sonne.

»Die Trennung von Yvonne«, seufzte Florian, »war wie eine Krankheit, die sich schon lange angekündigt hatte. Es begann damit, dass Yvonne eines Tages mit einer Schar junger Aktivisten vor dem Hauptquartier der Pharmariesen ein Zeltlager aufschlug. Sie protestierte gegen die Hochpreispolitik der Pharma, gegen den Verkauf giftiger Agrochemie an Entwicklungsländer. Ich hatte Mühe mit dieser Form des Protests. Als ich sie da wegholen wollte, saß sie gerade mit lauter Kindern vor einem Feuer und rauchte Marihuana.«

»Du hattest einen Ruf zu verlieren. Frau Dr. Füssli, die in der Öffentlichkeit kifft ...«

»Es war eher diese Unbedingtheit, die Yvonne an den Tag legte. Sie wollte die Welt verändern, und ich, gerade als Oberarzt die Karriereleiter hochgeklettert, stand ihr im Weg.«

»Du hast sie im Stich gelassen, Flo, so muss sie das empfunden haben.«

»Ich hatte nicht den Mut, mit ihr zusammen für eine

bessere Welt zu kämpfen. Ich glaube daran, dass wir den Schmerz besiegen können, aber nicht das Unrecht. Auch ohne mich hatte Yvonne Schwierigkeiten. Bei der Zeitschrift erfüllte sie ihre Aufträge nicht mehr, sie begann einfach Geschichten zu erzählen, die ihr wichtig waren, Geschichten ohne tagesaktuellen Bezug, zum Ärger ihres Ressortleiters. Sie schrieb über die helle Seite der Wirklichkeit, wie sie das nannte. Gefühlige Märchen, wenn du mich fragst, zum Beispiel über eine elsässische Gemüsefrau oder einen afrikanischen Straßenmusikanten. Für mich war das Kitsch; ich sagte es ihr, und wir lagen uns wieder in den Haaren. Ich glaube, Yvonne wollte ausbrechen, sie ist auch vor dem Älterwerden davongelaufen. Sie interessierte sich für Astrologie und behauptete, dass der Stand der Sterne Einfluss auf unsere Beziehung habe. Ich entgegnete ihr, dass es wohl eher der Mix unserer Hormone und der Stand unseres gemeinsamen Bankkontos seien, und schon waren wir wieder entzweit.«

»Man muss bei Frauen aufpassen«, sagte Sam. »Oft kränkt man sie dort, wo man sie für unverletzlich hält. Letztlich habe ich die Frauen nie verstanden.«

»... und warst trotzdem dauernd mit ihnen zusammen«, sagte Florian. »Als die astrologische Phase überwunden war, wandte sie sich der alternativen Medizin zu. Das war ein Generalangriff auf mich. Sie suchte einen Geistheiler auf, der sie mit Sprüchen und Handauflegen von ihrem Blinddarm befreien sollte. Das Zusammensein wurde immer schwieriger. Sie lebte in den Tag hinein. Ich dagegen musste jedes Urlaubsgesuch Monate im Voraus eingeben. Yvonne rief, um nur ein Beispiel zu nennen, am Samstagnachmittag von der Rigi an und sagte, sie sei am Morgen spontan losgefahren, weil sie Lust auf Schnee gehabt habe. Ich konnte nicht weg. Also haben wir uns an dem Wochenende gar nicht gesehen.«

»Christine war das genaue Gegenteil«, sagte Sam. »Sie regelte alles im Voraus und ließ keinen Zentimeter Raum für Spontaneität. Eine Bienenkönigin, die mich in ihre Wabe einschloss.«

»Zwischen Yvonne und mir wuchs eine Wand aus Glas. Wir sahen uns noch, haben aber nicht mehr zueinander gefunden. Sie wollte mich mitnehmen in ihre Welt. Ich verstand nicht, wohin die Reise gehen sollte und weigerte mich.«

»Warum hast du dich ihr nicht erklärt?«

»So einfach ist das nicht! Yvonne hat irgendwann die Medizin und alles Medizinische so vehement abgelehnt, dass ich meinen Beruf hätte aufgeben müssen, um weiter mit ihr zusammen sein zu können. An meinem Beruf machte sie alles fest, was sie nicht mochte: Pflichtbewusstsein, Rationalität und Beständigkeit.«

Samuel zupfte an der Angelrute und sog an dem erloschenen Zigarettenstummel.

»Yvonne war schon immer irgendwie verrückt«, sagte er dann. »Aber das hast du nicht sehen wollen. Oder nur am Anfang, da war dir ihre Verrücktheit recht, weil sie dir deine Schüchternheit nahm. Ich erinnere mich noch, wie ihr von Cagnes-sur-Mer zurückkamt, da warst du völlig durch den Wind. Yvonne hatte in Monte Carlo dein ganzes Monatsgehalt verspielt; danach seid ihr mitten in der Nacht stockbetrunken an den Strand gefahren und habt euch in die Wellen gestürzt. Glücklich, so viel Geld verschwendet zu haben.«

»Das waren die Hormone«, entgegnete Florian.

»Yvonne hat nicht damit gerechnet, dass du dich nach der ersten Phase der Verliebtheit in deinem Beruf einigelst. Schon damals habe ich mich gewundert, wie abwesend du warst, wenn wir zu viert unterwegs waren. Wie du immer nur an deinen Beruf gedacht hast. Als du jünger warst, bist du an deiner Schüchternheit fast zugrunde gegangen. Erinnerst du dich, wie wir mit Alma zusammensaßen, bei mir zu Hause? Ich wusste, dass du in sie verliebt warst. Aber du warst gehemmt. Und hast darunter gelitten. Du bist nicht nur schüchtern Frauen gegenüber, du bist schüchtern dem Leben gegenüber.«

»Das musste mal raus, nicht wahr? Gut gebrüllt, Löwe. Übrigens, was du nicht weißt: Alma ist tot.«

Sam zuckte zusammen. »Es war nicht mehr als ein Flirt. Damals vor dem Kino, da habe ich gesehen, dass du uns gesehen hast. Deshalb habe ich sie geküsst.«

»Hast du sie geliebt?«

»Nein, aber ich wollte dir etwas entgegenhalten, deinem Erfolg als Redner. Du hast die Leute mit deiner Rhetorik sehr beeindruckt, Alma ja auch. Wie du mit Wörtern jonglieren konntest, die anderen im philosophischen Club mit deinem Wissen beeindruckt hast. Irgendwann hast du geredet wie ein Tribun. Ich war neidisch. Auch darauf, dass du aus gutem Hause kamst.«

Florian hatte das Gefühl, als flögen sie mitten im All voneinander weg, jeder in eine andere Richtung.

»Was du auch nicht weißt: Ich habe mich meiner Schüchternheit gestellt. Ich habe Alma wiedergetroffen. Das erste Mal zufällig, beim Uniball, wir haben zusammen getanzt, aber letztlich hat sie mich doch abblitzen lassen.«

»Immer wieder bist du bei Frauen abgeblitzt. Zuerst Alma, zuletzt Yvonne. Deine Verlustliste.«

»Ein Jahr später sind wir uns wieder über den Weg gelaufen, und ich habe sie zum Abendessen eingeladen und verführt.«

»Das soll ich dir glauben?«

»Wir hatten jahrelang ein Verhältnis. Wir haben uns geliebt.«

Sam schluckte Sand. Man sah es in seinem Gesicht, dass sein Bild von Florian gerade zu Bruch ging.

»Und Yvonne?«

»Yvonne hat mich mehr angezogen als Alma. Glaubst du, ich wäre Yvonne gewachsen gewesen ohne die Erfahrungen mit Alma? Alma half mir, meine Schüchternheit zu überwinden oder zumindest zu verringern.«

»Hast du Alma für Yvonne verlassen?«

»Ich konnte nichts dagegen tun, ich war so in Yvonne verliebt. Aber das war nicht das Schlimmste.«

»Sondern? Komm Flo, erzähl die ganze Geschichte. Ich habe nie mit Alma geschlafen. Ich habe nur mit ihr geflirtet, weil du so scharf auf sie warst. Und sie hat ihre Macht erprobt. Nachdem wir an dem Abend im Kino waren, ist sie einfach davongelaufen. Und du hast mein Fahrrad zertrümmert, mein geliebtes erstes Fahrrad, das Gerda mir geschenkt hatte. Und nun erzählst du mir, du hast ein Verhältnis mit Alma gehabt?«

»Vor zwei Jahren, wir hatten schon lange keinen Kontakt mehr, habe ich erfahren, dass Alma schwer erkrankt war. Ich wusste, dass sie sterben würde. Bei Bauchspeicheldrüsenkrebs sind die Überlebenschancen gering. Ich wollte mich bei ihr melden, aber ich konnte nicht. Tag für Tag,

Woche für Woche hatte ich das Telefon in der Hand, aber ich habe es nicht geschafft. Dabei wusste ich, dass sie mich noch immer liebte. Und als ich sie das nächste Mal sah, war sie tot.«

»Du bist ein kalter Fisch, wie deine Mutter.«

»Ich bin kein Sterbebegleiter, dazu fehlt mir die Kraft.«

Florian zuckte mit den Achseln.

»Als ich gesehen habe, wie du gelähmt erwacht bist, und ich dir nicht helfen konnte, hatte ich wieder dieses Gefühl: das Gefühl, zu versagen, wie bei Alma.«

Sam schüttelte den Kopf. »Du kannst mir nicht helfen. Niemand kann mir helfen. Und deine Schuldgefühle bringen mir auch nichts.«

Florian spürte einen Druck auf der Brust, ihm war übel.

Das Wasser der Lagune glitzerte im Mittagslicht. Kein Fisch hatte angebissen.

Florian wusste, dass Sam ihn genau verstanden hatte. Jetzt wusste er, wie feige er war. Nicht nur schüchtern, sondern auch feige.

»Du hast deine Beine verloren, Sam. Und ich habe Yvonne und zuvor Alma verloren.«

Sam sagte nichts, und das traf ihn.

Obidos war eine Enttäuschung. Nachdem er den Wagen auf einer engen, sich kurvenreich am Hügel hochziehenden Straße zum Parkplatz gelenkt und Samuel ausgeladen hatte, wurden sie, kaum lag die berühmte Stadtmauer hinter ihnen, von Touristenmassen aufgesaugt. Menschen, die wohl ebenfalls einer Sehnsucht folgten, Engländer, Deutsche, Schweizer und Amerikaner, fluteten das Städtchen. Finster trottete Florian im Strom mit, den Rollstuhl wie einen Pflug vor sich herschiebend, mal in die eine und dann wieder in die andere Richtung, vorbei an den üblichen Souvenirläden mit ihrem grässlichen Kunsthandwerkskitsch. Es wimmelte von Flaggen und Wimpeln, als würden sich in diesem Zehntausendseelenort die Nationen Europas zu einer Konferenz treffen.

»Was Inge und Annalena wohl hier suchen?«, fragte Sam mit leerem Blick.

»Die Frage ist eher, was wir hier verloren haben.«

»Lass uns was zu essen kaufen und zum Auto zurückgehen.«

Es war früher Nachmittag, als sie ihre Sandwiches neben dem Toyota verzehrten.

Bald würden sie in Peniche sein. Sam sagte, das bange Gefühl kurz vor dem Ziel kenne er aus seiner Jugend, wenn er den Baum hochgeklettert sei, um in die Baumhütte zu kommen. Er habe gewusst, einmal oben, würde ihm wieder nichts einfallen. Und so sei es dann auch gewesen. Er habe runtergeschaut, bis ihm langweilig geworden sei. Und trotzdem habe er in der Schule oft nur daran gedacht, wann er sich endlich wieder in seinem Baumhaus verkriechen könne.

Auch er wäre manchmal gern abgehauen, sagte Florian. Am liebsten wäre er in ein anderes Leben umgezogen. Sein Vater habe fast jeden zweiten Satz mit »Wenn du einmal das und das sein wirst« begonnen. Und er habe jedes Mal gedacht, gerade das wolle er nicht werden. Sein Vater habe ihm mit seinen Wünschen sein Leben verstellt. Nein, er wolle nicht Wirtschaft studieren, nein, in die Politik wolle er auch nicht gehen. Seine Mutter sei so unbeteiligt gewesen, dass sie seinem Vater in allem zugestimmt habe, und schließlich habe er den Arztberuf ergriffen, um seine Ruhe zu haben.

»Immerhin bist du Anästhesist geworden und nicht Chirurg wie er.«

Das sei das winzigkleine Schnippchen gewesen, das er seinem Vater geschlagen habe. Nach dem Studium sei ihm bewusst geworden, dass er nicht einfach den vorgespurten Pfaden folgen könne. Deswegen sei er nach Afrika gegangen, er habe gespürt, dass es Mut brauche, wenn man das Leben bestehen wolle. Aber was er dort in der Klinik erlebt habe, sei über seine Kräfte gegangen. Er habe den Schmerz und das Leiden als die größte Geißel der Menschheit hassen gelernt.

»Aber du hast es ja überstanden, beinahe heldenhaft«, sagte Sam.

»Kein Helden-, sondern ein Knochenjob.«

Mit den Jahren, sagte Sam, seien seine Wünsche kleiner

geworden und die Sehnsuchtsorte größer. Und jetzt Peniche, der äußerste Rand des Kontinents, zugleich die andere Ecke des Kinderzimmers, die er, auch wenn er nicht mehr gehen könne, zu erreichen versuche.

»Es gibt kein echtes Leben, in das nicht die Enttäuschung tiefe Kerben geschlagen hat«, sagte Florian salbungsvoll.

Es sei ihm alles den Sturzbach runter, meinte Sam und verscheuchte mit der Hand eine Fliege. Künstler zu werden, sagte er, sei seine Rettung gewesen. So wie man sich früher vor dem Schlachtfeld ins Kloster gerettet habe. Seine Entscheidung, auf die Kunstakademie zu gehen, sei richtig gewesen. Auch Gerda habe ihn schließlich darin unterstützt, obwohl sie ja eigentlich andere Pläne für ihn gehabt hatte, dort könne er sich wohl am besten verwirklichen. Das habe so geklungen, als wäre er zu anderem nicht fähig, und das habe ihn zuerst verletzt. Erst später habe er den Satz begriffen und gemerkt, wie klug er war, denn Gerda hatte zweifellos nicht an seine mangelnde Durchsetzungskraft, sondern an seine Entfaltung im Künstlerischen gedacht. Sie habe immer daran geglaubt, dass er etwas zu sagen hatte.

»Und heute – warum hast du nichts mehr zu sagen? Warum hab ich dich seit deiner seltsamen Performance auf dem Kannenfeldplatz nie mehr zeichnen sehen? Mensch, du musst weitermachen. Du hast deine Augen, deine Hände: Du kannst noch hundert Bilder machen!«

Sam lachte kurz auf. »Für wen? Welche Galerie stellt mich denn aus?«

Am Arztberuf, wich Florian aus, habe ihm gefallen, dass man mit den lebenswichtigen Fragen verbunden bleibe. Der Operationssaal sei ein Schwellenort zwischen Leben und Tod. Dort gebe es keine wilden Spekulationen und keine ausufernden Theorien, sondern nur basale Fragen: Wie wird diese Frau ihren Hirntumor los, wie rette ich ihr das Leben? Bei der Geburt eines Kindes dabei zu sein oder bei einem Patienten am Bett zu sitzen, der aus der Narkose aufwache, erstaunt, noch am Leben zu sein, das sei ein elementares Gefühl. Aber die Abläufe in der Klinik, die machten ihm immer mehr zu schaffen und ließen ihn zuweilen daran zweifeln, dass er das Richtige tue.

Sam spuckte den Kern einer Olive aus.

»Dass du an deinem Beruf zweifelst, das kenne ich gar nicht von dir. Für mich bist du schon im weißen Kittel auf die Welt gekommen. Manchmal habe ich über deine Ungeschicklichkeit gestaunt, bei den Mädchen, aber auch sonst. Du warst nie der Typ, der sich ins Getümmel geworfen hat, du bist immer auf Distanz geblieben. Als du dann Mediziner wurdest, wusste ich, dass du dein linkisches Wesen mit deinem Ansehen verschleiern konntest.«

»Sind wir uns nicht ähnlicher, als wir denken?«, fragte Florian. »Auf jeden Fall waren wir immer ein gutes Duo. Zusammen haben wir damals im Debattierclub alle aus dem Feld geschlagen. Wir werden's auch jetzt packen.«

»Zu spät«, sagte Sam. »Ich glaube, das war's.«

»Verdammt, wir sind doch nicht hierhergekommen, damit du jetzt aufgibst. Lass uns weiterfahren.«

Wieder im Wagen sahen sie ringsum nichts als Industriebauten, Abfallhalden und am Horizont trostlose Siedlungen.

Nach einer halben Stunde Fahrt war auch die Straße, die sie zum Cabo Carvoeiro geführt hatte, zu Ende. Florian gluckste plötzlich los. Aus dem Glucksen wurde ein schallendes Lachen, das ihn von Kopf bis Fuß durchschüttelte.

»Wieso lachst du?«, fragte Sam.

»Sehnsuchtsort«, prustete er. »Das soll ein Sehnsuchtsort sein? Autoreifen, Abfallhaufen, Industrieanalgen, Müll und Misere.«

Nun lachte auch Sam, vielmehr war es ein Keckern, das aus seinem Mund kam, als wollte er das Lachen nur portionenweise freigeben.

Sie hielten auf dem Parkplatz, wo nur noch ein verlassener Camper stand. Ohne Umschweife machten sie sich auf den Weg zu den Klippen, ans Meer. Es wehte ein heftiger Wind, und Florians Jacke, die er sich nur über die Schulter gelegt hatte, flog meterweit davon. Sie kamen kaum voran, der Boden war lehmig, und der Rollstuhl blieb ständig stecken, und dazu ging es immerzu hoch und runter. Auf halbem Weg legten sie eine Pause ein.

»Wir haben hier eine einzigartige Schichtung von Karbonat- und Sedimentgestein aus der Jurazeit«, sagte Sam. »Das lässt darauf schließen, dass die Iberische Halbinsel vor zweihundert Millionen Jahren Teil des amerikanischen Kontinents gewesen ist.«

»Wolltest du deswegen hierher?«

Sam nickte.

Sie starrten hinaus aufs Meer, während der Himmel über ihnen immer blauer wurde und der Wind an ihren Haaren zerrte. Sam hat recht, dachte Florian, hier erlischt das Fernweh nicht, hier wird es neu entfacht. Wolken wie Fährschiffe, mit Strohballen beladene Kähne, zogen majestätisch über ihnen hinweg.

»Wir sind am Ende der Welt, auf der anderen Seite wartet ein neues Leben«, sagte Florian. »Noch einmal neu beginnen, wie wäre das?«

»In diesem Körper wird mich kein anderes Leben erwarten.«

»Ich weiß auch nicht, ob es für mich ein anderes gibt«, sagte Florian. »Zurück nach Afrika?«

Sam wollte näher an die Klippen heran, er wollte an den Rand, wo es keine Wege mehr gab. Florian tat ihm den Gefallen und schob den Furchtlosen so weit hinaus, wie es nur ging. Kreischende Möwen schossen aus Felsspalten und verschwanden wieder im Dunkel. Die Wellen schlugen an die Klippen, röhrten und grummelten, schrien und knatterten, die Welt war ein einziges Chaos. Ein harter Wind schlug ihnen ins Gesicht.

»Lass uns umkehren«, sagte Florian. »Das ist zu gefährlich, ich kann dich kaum noch halten.«

Sam nickte nur.

»Warum zeichnest du nicht mehr?«

»Ich will nur schauen, da sein, atmen, sonst nichts.«

»Für immer?«

»Was heißt immer? In alle Ewigkeit!«

»Damals in Rom, was ist eigentlich passiert, als Yvonne bei dir war?«

Sam verschluckte sich und musste husten.

»Jetzt reg dich ab«, sagte Florian.

Sam schaute ihn schief an, als wollte er sagen: Muss das jetzt sein?

»Als sie ohne Ankündigung bei mir eintraf, war ich ziemlich am Ende. Ich trank zu viel, und jedes Mal, wenn ich etwas Neues angehen wollte, begann mein Kopf zu schwirren. Die Nacht mit Christine hatte mich zerstört. Als mich Yvonne besuchte, war ich ziemlich verwahrlost. Sie lud mich zum Essen ein, und ich fühlte mich wie erlöst von mir.«

»Hat sie wirklich kein Wort über unsere Ehe verloren?«

Sam trat plötzlich Schweiß auf die Stirn.

»Wenn du darauf bestehst ... Sie klagte über deine Schwarzmalerei, deine innere Verkrustung, vielleicht ist sie deshalb zu mir gekommen, weil sie jemanden brauchte, mit dem sie über dich reden konnte. Mit jemandem, der dich kennt.«

»Und das war alles? Mehr hat sie nicht gesagt?«

»Yvonne war so verzweifelt, dass sie tatsächlich daran dachte, mit dir zu brechen.«

»Das hat sie mir ja auch lange genug angedroht.«

»Sie hat gesagt, dass du eigentlich nicht lieben kannst.«

»Was?«

»Sie meinte wohl, dass sie nicht genug Liebe von dir bekommen würde. Lieblos seist du nicht, aber ...«

Sam verstummte und Florian starrte ihn an, als hätte er sich gerade eine Ohrfeige eingefangen.

»Yvonne und ich, wir haben zusammen gelebt, zusammen diskutiert, zusammen gekocht und zusammen geschlafen. Aber Yvonne wollte immer das ganz, ganz große Gefühl. Sie war eine Gefühlskünstlerin, konnte aus jeder Scheißsituation etwas Gefühliges herausholen. Aber den ganz großen Kick, den gibt es eben irgendwann nicht mehr in einer langen Beziehung …«

»Sie wollte einfach leben, Flo, sie fühlte sich tot an deiner Seite«, sagte Sam. »Du hast sie vernachlässigt.«

»Ich helfe den Leuten Tag für Tag, einigen retten wir in der Klinik das Leben. Ist das nicht auch eine Form von Liebe? Das nimmt doch der Beziehung nichts weg.«

»Vielleicht hat Yvonne deine Distanz zum Leben nicht mehr ertragen. Du musstest immer auf Distanz gehen. Ich habe Yvonne von der Kälte deiner Mutter erzählt, sie hat dich nie angefasst.«

»Das wusste sie doch alles schon. Yvonne hat mich durchanalysiert.«

»Sie hat gemeint, dass du wahrscheinlich deswegen Anästhesist geworden bist. So viel haben wir übrigens gar nicht über euch geredet, irgendwann ging es nur noch um mich. Sie war streng zu mir, als ich ihr von dem Abend mit Christine erzählte. Was ich eigentlich für ein Theater veranstalte, fragte sie, bloß weil eine Frau, die mich liebe, ein Kind von mir wolle? Ob ich mich für ein Genie, für einmalig halte? Sie war so wütend, dass ich fürchtete, sie würde im nächsten Moment auf mich losgehen. Ich kam mir ziemlich schäbig vor. Immerhin hatte ich Christine nicht zur Abtreibung gezwungen, das hatte sie allein beschlossen.«

»Ja, ich kenne Yvonne, sie kann sehr liebenswert sein«, sagte Florian trocken.

»Sie ging auch mit mir als Künstler hart ins Gericht. Ich müsse mich selbst suchen mit meiner Kunst. Kunst sei Selbstergründung und Selbstbegründung. Die beiden Begriffe hat sie gebraucht. Ob ich die Selbstporträts von Lucian Freud kenne, fragte sie mich. Sie redete und redete, und mir wurde allmählich klar, dass ich von vorn beginnen musste. Also habe ich alles weggeschmissen. Die nächsten Wochen waren die Hölle. Das Zeichnen hat mich wieder auf die Beine gebracht.«

Sam öffnete den Mund und legte den Kopf in den Nacken, als wollte er nicht weiterreden. Dann fuhr er aber doch fort: »Ich musste meine Kunst neu erfinden, und Yvonne musste ihr Leben neu aufgleisen.«

Er lachte, aber Florian glaubte ihm das Lachen nicht. Einen Augenblick lang schwiegen beide.

»Bin froh!«

»Was sagst du?«, schrie Florian gegen den Wind an.

»Wir sind einsame Hunde«, schrie Samuel zurück. Und als sich das Getöse kurz legte, sagte er: »Es gibt nichts Schöneres, als Gesichter und Körper auf Papier zu bannen. Manchmal habe ich die Menschen, die ich gezeichnet habe, auch geliebt. Zeichnen und Lieben. Bedeutet es nicht dasselbe?«

Wieder schlug ihnen der Wind, aufgestachelt am Wasser und geschärft an den Felskanten, hart ins Gesicht.

»Hast du Yvonne gezeichnet?«, schrie Florian.

»Ja!«

»Also hast du auch mit ihr geschlafen?«

Florian hörte Sams Antwort nicht. Er sah nur sein finsteres Gesicht. Er hielt sich am Rollstuhl fest, als würde er gleich mitsamt dem Gefährt davonfliegen. Verstand er die

Frage nicht? Oder tat er nur so, als würde er sie nicht verstehen?

»Ja.« Sam nickte, sein langes Kinn berührte das Schlüsselbein. »Ein Mal.«

»Selbst von Yvonne konntest du also nicht die Finger lassen!«

Sam starrte bloß vor sich hin. Konnte es sein, dass ihm jedes Unrechtsbewusstsein abging? Begriff er denn gar nicht, was er gerade gesagt hatte?

»Ein Mal? Oder hattest du ein Verhältnis mit ihr?«

Sam schüttelte erschrocken den Kopf und sagte etwas.

Aber Florian hörte nur noch den Wind. Innert Sekunden hatte sein Freund eine Verwandlung durchgemacht, gerade so, als könnte er sich aus dem Rollstuhl erheben und pfeifend ohne ihn davonziehen.

Florian ging wieder zum Rand der Klippen und blickte in die Tiefe. Wie lange war man unterwegs, bis man unten aufschlug? Zögerlich machte er einen Schritt auf den Abgrund zu.

Die Schnürsenkel seines linken Schuhs waren offen. Ein erbärmlicher Anblick! Das musste er sofort in Ordnung bringen. Er bückte sich, drohte das Gleichgewicht zu verlieren und hinabzustürzen. Ein Mann im freien Fall, wie es hohe Beamte, Wirtschaftsführer oder Kulturschaffende erlebten, die sich etwas zuschulden hatten kommen lassen. Freier Fall, kein Widerstand, dem Gewicht der eigenen Existenz ausgeliefert, das wäre was!

Er griff nach den Enden der Schnürsenkel und zog sie zu einem festen Knoten zusammen. Dann stand er da, vor sich und hinter sich das Nichts.

Sneakers, ging es ihm durch den Kopf, er hatte zum ersten Mal in seinem Leben Sneakers angezogen. Ein Tribut an Sam, und der hatte ihn jämmerlich hintergangen. Kein Wunder, dass sich die Schnürsenkel dieser gelb-roten Sneakers lösten, das war die Strafe für seine Blindheit.

Sam rauchte, als er zurückkam.

Schwankend ging er an ihm vorbei zurück zum Parkplatz, startete den Wagen und fuhr los. Sollte Sam selbst sehen, wie er da wegkam!

Die Halbinsel glich einem flachen Teller, wie in einem

Spinnennetz führten die Straßen in alle Richtungen. Er fuhr hin und her, einmal Richtung Küste und auf Sam zu, dann wieder von ihm weg.

Sam und Yvonne in Rom! Abendessen unter Sternen. Nachtgespräche, Nachtgelächter. Sams Hände auf Yvonnes Hüften. Er schlug gegen das Steuerrad. War ihre Ehe wegen Sams Leichtsinn in die Brüche gegangen? Aber dann musste es auch den Leichtsinn von Yvonne gegeben haben. Leichter Sinn, was hieß das überhaupt? Wollten nicht alle leichtsinnig sein, aber die Schwerkraft zog sie erdwärts. Gegen Leichtsinn halfen nur fest gebundene Schnürsenkel.

Die ganze Zeit also hatte es diese dicke Lüge zwischen ihnen gegeben, ein Geschwür, das jetzt aufgeplatzt war. Nun war der Bruch da, sein Bruch. Nun ging auch noch die Freundschaft in die Brüche.

Zuunterst lauerte immer die Ohnmacht. Die Narkotisierung der Sinne.

Konnte er sicher sein, dass Yvonne und Sam in den letzten Monaten keinen Kontakt gehabt hatten? Oder bauschte er die ganze Sache womöglich auf? Vielleicht hatte er sich im Knallen und Knattern des Sturmes verhört? Vielleicht schlief Sam gar nicht mit jeder Frau, die er zeichnete?

Wie sollte er mit diesem Arschloch in die Schweiz zurückkehren!

Beim nächsten Kreisel nahm er die Ausfahrt Richtung Küste, Richtung Sam. Er parkte den Wagen neben dem Camper, der jetzt so wirkte, als wäre er für ein Schäferstündchen dort abgestellt worden. Florians Beine zitterten. Er musste Sam stellen, musste ihn zum Auto zurückbringen, um in aller Ruhe mit ihm reden zu können.

Aber an der Stelle, wo Sam zuletzt gewesen war, lag nur noch sein Rucksack, der verdammte Rucksack. Wo war Sam?

Er öffnete den Rucksack, als fände er darin einen Hinweis auf den Verbleib seines Freundes. Eine Zeichnung! Gewölk, schwarz schraffiert. Nein, das waren keine Wolken, es war eine Welle, eine haarfein gezeichnete Welle. Sam hatte wieder gezeichnet, hier endlich, auf der Halbinsel Peniche, am Ende seiner Sehnsucht. Florian betrachtete die perfekte Welle, die sich unter seinen Blicken zu bewegen begann. Auf und ab wogte sie, dann hoch und höher und ihm war, als schwappte sie über ihm zusammen. Es war eine vollkommene Zeichnung, die Zeichnung, die Sam vielleicht schon immer hatte machen wollen.

Plötzlich griff Florian ein Schmerz in die Brust, wie eine eiserne Faust, und riss ihn zu Boden. Er keuchte und wusste sofort, dass es ein Herzinfarkt war. Der Heftigkeit nach zu urteilen, musste er sofort in eine Klinik. Er wählte den Notruf.

Man brachte ihn nach Santarém, wo er operiert wurde. Er war bei vollem Bewusstsein, als man ihm das Narkotikum verabreichte. Seine Gedanken weilten bei seinem Freund, der bestimmt irgendwo auf ihn wartete. Waren sie hierhergereist, damit Samuel sein Geständnis ablegen konnte? Peniche war ein Ort, an dem man vergeben konnte. Florian würde ihm vergeben, und natürlich auch Yvonne.

Dann spürte er die Wirkung des Narkotikums wie eine dunkle, über seinen Scheitel rinnende Flüssigkeit, die sein Hirn überschwemmte und all seine Gedanken mit sich nahm.

Als er erwachte, saß Barbara neben ihm. Er hörte ihre

Stimme, ganz deutlich. Sie sagte, Samuel Butt habe sie gleich nach seiner Landung in Porto angerufen, um sie zu fragen, warum sie sich nicht von ihm verabschiedet habe. Der Besuch der Sexualassistentin, sagte sie, habe sie sehr geärgert. Ob sie nicht nach Portugal kommen könne, auf die Halbinsel Peniche. Er müsse unbedingt mit ihr reden, es sei dringend. Dann habe er ihr einen Heiratsantrag gemacht, zu ihrem großen Amüsement. Aber als sie aufgelegt habe, sei ihr klar geworden, wie sehr sie ihn vermisse. Also habe sie sich einige Tage freigenommen und sich in die nächste Maschine nach Porto gesetzt. Dort angekommen, habe sie Butt angerufen, aber sein Handy sei ausgeschaltet gewesen. Sie habe einen Wagen gemietet und sei nach Peniche gefahren. Dort habe sie wieder angerufen und ihn diesmal auch erreicht. Sie solle zu den Klippen kommen. Und da habe sie ihn dann gefunden, glücklich, zeichnend. Eine Welle. Sie seien sich in die Arme gefallen. Butt sitze übrigens in der Kantine und warte auf ihn, es gehe ihm gut. Aber er mache sich natürlich Sorgen um seinen Freund.

Sam und die Frauen, ging es Florian durch den Kopf. Immer retteten sie ihm das Leben. Er sah Samuel und Barbara in einem goldenen Herbst über Land fahren und Wein trinken. Yvonne und er waren auch dabei, sie waren wieder zu viert, er hatte Yvonne neu erobert, indem er ihr sein Herz zeigte, das nun – nach dem Infarkt – neu zu schlagen begonnen hatte.

Dann öffnete er die Augen und sah eine fremde Krankenschwester an seinem Bett sitzen.

»Wie fühlen Sie sich, Herr Dr. Füssli?«, fragte sie in gebrochenem Deutsch.

»Wo ist Samuel?«, fragte er zurück.

Sie beugte sich über ihn und nahm seine Hand.

Sie müsse ihm leider etwas Unangenehmes mitteilen und ihre Stimme wurde leiser. Man habe Samuel Butt auf einem Felsen in der Bucht gefunden, neben seinem Rollstuhl. Tot.

Dritter Teil

Fischen

Goldenes Licht lag über dem See. Es ging gegen Abend, die ersten Badenden legten ihre Frottiertücher zusammen und machten sich zufrieden auf den Heimweg. Sam und Flo nahmen ihre Angelruten und gingen los. Dunkel schwankte das Schilf im Wind, in kleinen, glucksenden Wellen schlug das Wasser ans moosige Ufer. In einer kleinen Bucht legten sie ihr Badezeug auf den sandigen Boden und warfen die Angeln aus. Es dauerte nicht lange, bis es an Sams Rute zuckte.

»Du hast einen Fisch!«, rief Flo.

Sie waren vierzehn Jahre alt und hielten die Angelrute mit vier Händen. Sie bog sich unter dem Gewicht des Fisches – ein großer Hecht, der im Todeskampf an der Luft zappelte, dann wieder ins Wasser eintauchte und davonzuschwimmen drohte. Zentimeter um Zentimeter zogen sie ihn ans Ufer, bis sie ihn mit einem letzten Ruck im Trockenen hatten. Silbern glänzte sein Leib in der Abendsonne.

»Was für ein Glück!«, rief Sam.

Dank an

Dr. Marc Hattler, Dr. Stefan Schmid, Katja Doepgen (Stationsleitung SAP), Dr. Anouk Weibel, Silvio Blatter, Silvia Henke, Kornelia Häfliger.

Folgendes Buch war mir eine große Hilfe:
Peter Lude: *Querschnittlähmung. Schritte der Bewältigung.*
Springer, Berlin / Heidelberg 2016.

Sven Schnyder © Kampa Verlag

MARTIN R. DEAN wurde 1955 in Menziken, Aargau, als Sohn eines aus Trinidad stammenden Vaters und einer Schweizer Mutter geboren, studierte Germanistik, Ethnologie und Philosophie an der Universität Basel, unterrichtete an der Schule für Gestaltung in Basel und am Gymnasium in Muttenz. Dean ist vielfach ausgezeichneter Buchautor. Zu seinen jüngsten Werken gehören die Romane *Falsches Quartett* (2014) und *Warum wir zusammen sind* (2019) sowie die Essaysammlung *Verbeugung vor Spiegeln: Über das Eigene und das Fremde* (2015) und zuletzt, gemeinsam mit Angélique Beldner, *Der Sommer, in dem ich Schwarz wurde* (2021). Martin R. Dean lebt mit seiner Familie in Basel.